U0134384

蔡瀾輕鬆語錄

天地

www.cosmosbooks.com.hk

書　　名　蔡瀾輕鬆語錄
作　　者　蔡　瀾
封面及內文插畫　蘇美璐
責任編輯　吳惠芬
美術編輯　楊曉林
出　　版　天地圖書有限公司
香港黃竹坑道46號新興工業大廈11樓（總寫字樓）
電話：2528 3671　傳真：2865 2609
香港灣仔莊士敦道30號地庫（門市部）
電話：2865 0708　傳真：2861 1541
印　　刷　亨泰印刷有限公司
香港柴灣利眾街德景工業大廈10字樓
電話：2896 3687　傳真：2558 1902
發　　行　聯合新零售（香港）有限公司
香港新界荃灣德士古道220-248號荃灣工業中心16樓
電話：2150 2100　傳真：2407 3062
初版日期　2022年2月
四版日期　2023年2月

（版權所有・翻印必究）

©COSMOS BOOKS LTD.2023

ISBN 978-988-8550-13-5

目錄

快樂專家

吃是人生中最大的藝術

酒逢知己

旅行是人生最大的樂趣

感情是不能自制

電影是最好的教育

寫作這一行是會上癮的

享樂的藝術

快樂專家

天下最能「玩」你的事就是死亡

人對生死應該有決定權，也是尊嚴的體現。即使合法化，我未必就會去安樂死，但人類應該有這個自由。我曾提過要移居荷蘭，因為那兒可以安樂死，其實在當地也不是完全合法化，只是政府隻眼開隻眼閉而已。最好的方法，是找個醫生做好朋友，需要時嘛，他不能不幫朋友吧，哈哈！天下最能「玩」你的事就是死亡，若能掉轉來「玩」死亡這回事，將之控制於股掌中，多妙。

六十歲以後就是Bonus（額外獎賞）了。一生人就這樣過去，能走就走吧，最好不要拖太長，荷蘭政府通過「安樂死」的法例，是應該的……我不主張延長生命，點蠟燭也是點兩頭比點一頭好。

命運的安排，要你不快樂，你要逃避，也逃避不了。不過，命運在你手上，你要改變它，不是不可以的，問題是你願不願意。

那是遲早的問題，我們總得走。但是怎麼一個走法？沒有人敢去提起。中國人，對死的禁忌，是根深蒂固的。

避得些甚麼呢？反正要來，總得準備一下吧，尤其是我們這群被青年人認為是七老八十的，雖然，我們的心境還是比他們年輕。

勇敢面對吧。死，也要死得有尊嚴；死，也要死得美麗。

葬禮可以免了，讓人一起悲哀，何必呢？死人臉更別化妝給人看，那些錢，死前花吧。開一個大派對，請大家吃一頓好的，有甚麼好話當面聽聽，才是過癮，派對完畢，就跟着謝幕好了。

骨灰撒在維多利亞海港，每晚看到燦爛的夜景，更是妙不可言，你說是嗎？

做人的層次

做人，最重要的還是保持一份天真的好奇心，和對生命的熱愛。

我們做人，開始時是一張白紙，非常單純，感情沒受污染，潔淨得很。

有目的，就去爭取，這才是做人的態度，才能在社會立足。

做人就是努力別看他人臉色；做人，也不必給臉色別人看。

做人，總會出錯。當今用鉛筆是提醒自己，錯了就要用橡膠擦擦掉算了，重新來過，沒甚麼大不了的。

我們做人，總得培養其他興趣，研究深了成為專家，這份工不打，做別的，

不斷自我增值，才是最終的道理。

做人，要有個底線。在這個年代，原則已不值錢，但是底線，總在夜深人靜時，對着自己劃分。超出了這底線，活下去，活得委屈。

每一個人只能年輕一次，大家都歌頌青春無價；但是每一個人也只能中年一次，老一次。人生每一個階段都珍貴，何必妄自菲薄呢？

最喜歡的一張照片，黑白，清末拍的。照片中兩人，一個長着鬍子的老翁，一個膝頭般高的小童，都穿着長袍馬褂，兩人互相作九十度的鞠躬，露出笑容。這是基本，這是中國人的禮貌。

禮貌不止於言論，衣着也有關係，你身在外國，穿得像一個難民，怪不得他們遠離你，要是你乾乾淨淨，不必名牌，他們也會看在眼裏，以禮待之。

別人對你沒有禮貌，只因為你爭先恐後不排隊；別人看不起你，是因為你在公眾場合喧嘩，大聲講電話。這是自己作賤，應該遭到白眼。

有時候也必須自我檢討，我一直不喜歡和別人握手，但是我都忍受，每次和那些有手汗的人握手，就不舒服了半天，非即刻跑到洗手間沖水不可。一次又一次，我變成了有潔癖，不與別人作身體的接觸。如果你伸出手，而我只拱手作揖，請你原諒。

人，要學會一鞠躬，走下舞台。人可以去發展自己培養出的興趣，世界很大，還有各類表演的地方。

人生的意義

有了真、美、趣這三個字，一定有愛好者。

我大半生一直研究人生的意義，答案還是吃吃喝喝。

簡單和基本是最美麗的，讀了很多哲學家和大文豪的作品，他們的人生也不過是吃吃喝喝，我沒有他們那麼偉大，照跟也可以吧！這種經驗是很美好的回憶，我有，很多人卻沒有。

人生到了這個階段，要體驗最好的東西，如果不是最好的，我一定不去。

人的生命，是那麼脆弱。從早死的親戚和朋友，我們可以得到這種結論。

計劃歸計劃，現實生活中將會發生甚麼，誰知道？

人一定要活得愉快，活得不愉快，不如別活下去。我一向主張要活，就要活得一天比一天更好！今天比昨天快樂，明天又要比今天充實。

要過愉快的生活，要重新做人，不很難，把條件降低一點，知足，常樂。

我們這一代，經過那麼多的知識輸入，還不懂得堅持一點點原則的話，那麼我們是白活了。

倪匡說：人要做自己喜歡的事，很難；但是，可以不做自己不喜歡的事。

一些傳統，是非常優雅的，絕對不過時，親自寫聖誕卡是其中之一，你們不屑，我卻一定要傳承。每年聖誕前，我必然一張張寫，一張張寄出。

一年復一年，走的老友也漸多，只有硬下心來，用紅筆從清單中畫掉，這個地址從此，和軀體一樣，消失了。

花開花落，每一年，都有新的名字增加在名單上面，有的還是老友的兒女，他們記着了父母和我的聖誕卡交往，認為是一件當今已非常難得的事，也開始寫聖誕卡了。

有時不見也好，薄薄的一張聖誕卡，之前交往的印象，還一直留存在大家年輕時。

明年再寄一張。

早知道，早知道，你不是神仙，你又不能去到未來，你怎麼可能早知道？我一聽到説的人哀聲嘆氣，即刻逃之夭夭，和這種人聊下去，會把自己的精力吸走。

怨嘆來幹甚麼呢？不如珍惜當今擁有的。

是的，我們人生，要做多少傻事才變得精明？我們要做多少錯誤的決定，才看得開？但是人總一次又一次地重複自己的過失，永遠學不會怎麼開解自己。

消極的做法，就是求神拜佛了。以為有了佛偈就能解脱；以為禱告，上蒼就會來幫助你。沒用的，沒用的。

為甚麼我們忘記了基本呢？一開始，家長和老師都會告訴我們努力呀。

當今的孩子，都早知道大了以後，父母會把房子留給我們的，買來幹甚麼？買來幹嘛？人生的鬥志，在他們這一代就消失了。

這也怪父母的不好，留給他們的只是錢，教育他們的也是怎麼賺錢，而不是引導他們有獨立的思想。

獨立思想引導着整個世界進步，今後的社會才會產生像喬布斯這樣的人，他們上班可以穿牛仔褲，不必西裝領帶，他們留鬍子不剃，他們知有早知有乞兒這種事，他們求進步，他們求自己生存，不靠別人。

獨立思考的種子一旦種了下來，再怎麼大眾往甚麼方向去走，總有些與眾不同的人產生。而今後，只有靠這些人去創造另一個新的局面，不必靠早知道的。

不知道，這個世界才有趣。

從小，就是任性，就是不聽話。家中掛着一幅劉海粟的「六牛圖」，兩隻大牛，帶着四隻小的。爸爸向我說：「那兩隻老牛是我和你們的媽媽，帶着的四隻小的之中，那隻看不到頭，只見屁股的，就是你了。」

現在想起，家父語氣中帶着擔憂，心中約略地想着，這孩子那麼不合群，以後的命運不知何去何從。

感謝老天爺，我一生得到周圍的人照顧，活至今，垂垂老矣，也無風無浪，這應該是拜雙親所賜的，一直對別人好，得到的好報。

任性的性格，影響了我一生，喜歡的事可以令到我不休不眠。接觸書法時，我的宣紙是一刀刀地買，一刀刀地練字。所謂一刀，就是一百張宣紙。來收垃圾的人，有的也欣賞，就拿去熨平收藏起來。

任性而活，是人生最過癮的事，不過千萬要記住的事，是別老是想而不去做。

做了，才對得起任性這兩個字。

精神癌症

我稱情緒病為精神癌症，我曾嘗試開解這類朋友，但總是徒勞無功。為了避免自己被負面情緒感染，惟有盡量少見面。

有些人話不投機，我會避免見面，畢竟不再年輕了，浪費不起時間。出席飯局前也會問清楚有誰列席，有些人我見到也心煩，何必委屈自己。

快樂之道，就是不跟悲觀的人一起，他們會吸走我的正面能量。太過份的關懷，也增加了我的心理負擔，可免則免。到了這個階段，「一定」辛苦的事，我不會、也不肯去做。

倪匡教我的，除了有人真的用刀刺你，所有精神上的痛苦都是想出來的，不想就沒有了。現在凡有怨恨或者不愉快的情緒，我都可以幻想把它們鎖入夾萬，統統掉進海裏，之後便不會再想。沒錯，這做法相當不易，但當你被人傷害過一次、兩次、三次之後，經過不斷的學習與鍛煉，便可成為專家。如果你認為自己做不到，再去受傷害吧，總會成功喔！

當人人都是窮人的時候，便再沒有窮人了！

覺得自己慘的人，是因為他們心中常常想着「不夠」！只要他們覺得「夠」的話，便不會再慘了！

只要不斷想着快樂，便自然會快樂！有人說這是「阿Q精神」，其實這些人根本不明白甚麼是「阿Q精神」。

死結，絕對解不開，這已經是事實，既然這樣，唯一的方法，是剪掉。

自己選擇的路自己行。境由心生，認為快樂就快樂，痛苦就痛苦，神仙也幫不了你。

預支快樂

先享受了快樂，擔心的事再慢慢分期付款好了；時間沖淡了，也再不感到擔心。

任何東西都可以分期付款，為甚麼快樂不可以呢？先要快樂，然後分期付款你的悲哀。

痛苦分兩種，精神上的和肉體上的。精神上的痛苦是想出來的，不想，痛苦就沒了；肉體上的痛苦才是真正的痛苦，人家砍你一刀，你一定會痛苦。女朋友走了，你認為還有新的，就不痛苦。肉體上的痛苦？好解決呀！拚命吞必理痛 Panadol 就是。別聽人家說吃多了對身體有害。痛苦是不需要忍受的。把必理痛拿來當花生吃就是。

對於煩惱，沒得克服，只有與它共存。

一切煩惱，總會過的。我們小時候煩惱會不會被家長責罵。大了一點，擔心老師追功課。思春期為失戀痛苦。出來做事怕被炒魷魚。但是，這一切不是都已經過了嗎？一過，就覺得當時的煩惱很愚蠢，很可笑。我們活在一個刷卡的年代，為甚麼不預支快樂？既然知道一過就好笑，不如先笑個飽算數。

我作為一個電影人，是一個很不稱職的電影人；作為一個寫作人，是一個可以說很輕浮的寫作人，也不算是很稱職；我做商人只是做小買賣，也不算是很稱職的。我想我比較拿手的是能夠逃避現實，能夠笑一笑，我的心情比較愉快，我能夠把壞的事情往好的地方想。這種天塌下來當被蓋的性格讓我成為很愉快的人的專家，這個我很稱職。

成功的學問

做，機會五十五十；不做，等於零。

一些時候，異想天開，不失為好事。想法成熟了，就去做。總好過不做。

一切，都要用功得來，並無他途。

昨日的壓力，已是今天的笑話。

智慧，是由失敗中汲取的。

機會放在你眼前，當然要緊緊地抓住吧，別再傻下去了。

機會在你手上，如果你讓它白白溜掉，那你是不值得憐憫的。

當官的，有時也可以不必死板板地按本子辦事；方便大家，就是規矩。

成功一定要靠勤勞。如果上司要你做一件事，你做了六件，上司一定欣賞你。我年輕時，也是靠勤勞，上司看了，自然給我機會。年輕人不要羡慕人家，也不要妒忌人家，只有靠自己勤勞，才可以成功。

認真與瀟灑是沒有矛盾的，因為若處事不嚴謹，就沒有瀟灑的條件。一塌糊塗的人生，不叫瀟灑，叫混亂；處理好自己的事，打好基礎，然後才瀟灑得起來。成功的人，才有資格被形容為瀟灑；而成功是沒有僥幸的，背後一定有着刻苦努力。

道歉，是種美德，有自信心的人才做得出的。

我們生下來都是一個獨立的個體，靠別人，總是低了一級。

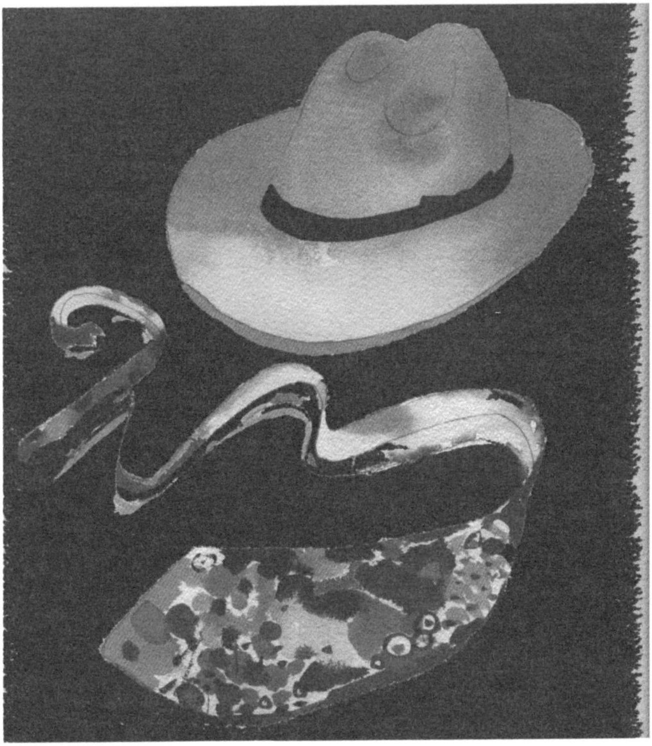

互相尊敬

人與人之間應有一份互相的尊敬，抱着這個宗旨，不卑不亢地去做，總是沒錯。

送禮是心甘情願的，既然對方不送，你應該知趣，不出聲才是。

不認識的人走來問東問西，一般人都會有戒心，不知你有何企圖，不會暢所欲言。但既然他們知道我是誰，便會很樂於與我分享經歷，令我很容易可以問到很多事，名人的身份在這方面非常有利。當然，凡事都有兩面，身為公眾人物，我最討厭不認識的人指名道姓地叫我，這是沒教養的表現。另外，陌生人走來搭我膊頭，或用滿是汗津津的手來和我握手，都十分可怕，其實我根本不喜歡握手，無謂的身體接觸可免則免。

不知不覺之中，我也成為了所謂的「名人」，時常有陌生人問：「可不可以和你拍一張照片？」

對方很客氣，我當然不會拒絕，要拍多少張都行，從小被父母親教育，人與人之間，應該有互相的尊敬，這是基本的禮貌，必定遵從。

不喜歡的是，連這一點最低的要求都不懂，譬如就來一句：「喂，蔡瀾，合拍一張？」

我多數當對方是透明，裝聾作啞，從他身邊經過。心情好的時候，我會說：「對年紀比你大的人，不可以呼名道姓。」

這是事實，對方的父母沒教他，由我來倚老賣老指出，對他們也不無好處。有些聽到了，靦腆而去。有些反臉：「不拍就不拍，你以為我會稀罕？」

對着此等人間廢物，只有蔑視。

答應了和對方合照之後，他們會越走越近，我一向越避越開，卻還得保持客氣，但他們得寸進尺，伸出手來要擁攬我肩膀，這就很討厭了。

是的，人與人之間要互相尊重，但是對年紀比我們大的人，不可作親友狀，

我與金庸先生認識數十年，也不敢作此大膽無禮的動作，非親朋戚友，怎可勾肩搭背？

走進食肆，店主有時要求合照，從前我來者不拒，後來聽到很多人投訴，看到我的照片才去吃的，怎麼知道東西嚥不下喉？

被冤枉多了慢慢學乖了，一進門就要求拍照時，我會說等吃完再拍好了，如果難吃的，就一溜煙跑掉，東西好吃，我則會很樂意地和他們拍照。

有時候，怎麼也避免不了，去了一個飲食人的聚會，多人要合拍，也一一答應了，第二天便被貼在店外。當今，在這種情形，我多數不笑，所以江湖上已傳出，要看到照片上我笑的才好去吃，這也是真的，沒有說錯。

真

有了真，甚麼醜物都化為美境。

先父教誨君子要具備的條件是：第一要孝順、敬老；第二要提攜後輩，給予扶持；第三是人與人之間要互相尊重，不應有隔膜。不用學識淵博，鄉下也有鄉下的君子，做到以上幾點，就能做到「真」君子！

到了我這個年紀，還要迫自己做不想做的事情，不是我的快樂人生。這鋪癮，除了要才學兼備、達觀開懷，形成一種像金庸所説的「瀟灑」外，還要有獨特的個人魅力及可賣錢的——真！

我從來不理會別人對我的看法，斤斤計較只會令人甚麼都放不了，我只會做回自己份內事，笑罵由人最好吧！

謙虛是美德，過份謙虛變得造作。

以真誠待人，守時和守諾言，對男人對女人都一樣吧。年輕時候不懂，衝動嘛，好奇嘛，曾經在感情上傷害過很多人。然而，錯過之後便不可再犯，而且明白到答應過人家的事，亦一定要做到。

友誼的建立，在於真誠。

交友之道是互相的關懷，一生一世。

人生每個階段都是美好的。要保存的，是頭腦的青春；要留下的，是內心的一份真。

在現實生活，我約了人，幾乎不會準時，只會早到，一生之中大概只有兩三次讓人家等。如果你是一個等我等上五分鐘的人，那你今天的運氣不好。

家

父母教的，凡事要做，就得盡量做到最好。

反叛性極強的年輕人，成熟後對父母特別好。

孝順父母，是應該的事。不知道甚麼時候開始，成為一種美德。

女人的生存能力比男人強。

小時候，趕上戰爭年代，父親賣蚊帳，沒有辦法生存，那時候打仗，誰還買你的蚊帳？

母親不同，就賣水果，掙錢養活家裏人。

在外國留學時，家父每星期都會給我寫信；年輕貪玩，起初我也不是每封信都會回，後來覺得他都是鼓勵我，我也開始每封回信。我們信上甚麼都談，父子寫信建立了很深厚的感情。父親寫來的信，積存到一張張信紙可以從地板疊到天花板，而我寫給他的回信，也是一樣，我們聯絡的很密切。

錢

錢，是好的。但是不能看得太重，當它是奴隸使用。

一定要賺錢啊，因為這裏完全沒有社會保障，你只有賺錢儲錢養老防生病。

只要努力賺錢，買東西時便覺得便宜。

一有額外收入，那麼拿十巴仙來花，花得乾乾淨淨，盡快地花完，才有快感。

一毛不拔的話，不知道賺錢賺來做甚麼。

中國人賭性重，可以理解；但不在自己手中控制的賭博，賭來幹甚麼？我也愛賭，打打小麻將，至少自己可以摸到。

錢多一個零少一個零對日常生活也沒甚麼改變，錢只是一種別人對自己的肯定，我是俗人，我需要這份肯定。

人有兩種積蓄，一種是金錢，一種是回憶。

財富有兩種：一是錢；二是培養興趣、累積人生經驗。對我來說，後者比前者重要。

抽雪茄的和尚

約十多年前，我開始抽雪茄。每天數量不一定，看雪茄大小。大的可抽一個鐘頭；工作很忙的時候，我就抽小的，平時大概四到五枝。我把雪茄放在雪茄銀行裏，租一個專櫃，每年都進新貨，每年都抽五年前放進去的雪茄。有時候很想抽，就抽一根二十五年的雪茄。雪茄到了五年後，價錢就翻倍；二十五年後，就翻很多倍。

我想做和尚，但是六根還是不清淨，慾念太深。

我的和尚袋是在泰國開鏡時，請了一名高僧來唸法，他說唸法後絕對不會下雨，結果開鏡時下了八天八夜的雨，之後，我去找那和尚，他說這場雨是下給農民的，不是下給電影的，我和他從此做了好朋友。我送了他很多雪茄，他

就送了我很多和尚袋。所以，會抽雪茄的和尚，一定是好和尚。

友海

我鼓勵年輕人在學校中多結識幾個同學。這些人，將是以後一生的朋友。

做朋友，我從不求回報，我看別人的優點多於缺點，做人寬容一點，世界會更美好。

過一個懶洋洋的下午，曬曬太陽，欣賞周遭樹木的茂盛。享受音樂、美酒、美食，可以細心地、一點一滴地感受一切美好的事物。當然，還有與朋友共處。

人生觀最主要還是來自父親的教導，其次我認識很多的朋友，他們都有很寬闊的胸襟。到處旅遊對我的影響也很大，旅遊讓我認識到對方的性格，像拉丁民族樂天的性格，我在西班牙拍電影，他們每天要睡午覺，我就跟他們説，如果你們不睡午覺，一定可以拍出世界最好的電影，結果他們回答，蔡先生，你們只是來拍幾個月的電影，但我們要在這裏住一輩子，我們還是睡午覺的好。

我喜歡結交很多年輕的朋友，也有不少老年的朋友，我喜歡的都是不老成不死板的。跟這樣的人在一起聊天不會壓抑。

有些私人問題，雖是外界議論紛紛，但見面時總互相避免提及，這是交友的基本。

人老了，總希望多接觸一些高智慧的人。古人老了，會喜歡跟文人、高僧做朋友；外國人老了，會喜歡住到鄉下去，跟牧師、神父為伴。我也不例外，我也追求思想上可以互相刺激的人做伴侶。

學海

我最不喜歡懶惰的人。我的方法是盡量學東西，甚麼都學，不只是學一點皮毛就算了，而是去深層研究。久而久之你就變成專家，變成專家就可以用知識賺錢了。為甚麼我會比較悠閒一點？因為我懂得很多東西，甚至想過，如果有一天潦倒的話就在街邊賣字，也可以過好。不斷讓自己增值，不斷學新東西，一個人始終有生活本領，就會自信。有自信對生活的態度就不一樣。

將金錢投資在自己熟悉的東西，最重要是與別不同，同時又要不斷學習別人的長處。無論做甚麼，也不難成功。

我在周遊列國時所學到的多國言語，有時路上學，有時桌上學，有時床上學。

平時吸收新事物，累積下來，就成了你的見識。

自小十分好奇，一有不明便問個究竟。小時候看電影，會問姐姐誰忠誰奸。

有次訪問造麵師傅時，問他為何要加鴨蛋，雖然被罵無知無聊，也不能不問。

學問就靠學和問，問到無人可問，便看書，再問再看，凡事總會有一個通透。

以前就算是演藝界的人都很喜歡看書，一邊拍戲一邊看書。老了，不做幕前可轉做幕後，成就可能更好。如果一直不提升知識，安於現狀，就不會有進步。

幸好我有不同興趣，否則如只懂電影的話，沒電影可拍就真的要自殺了，有其他興趣輔助，我的生命力亦更強。

年輕時

我最常接觸的是香港的年輕人，對新加坡的年輕人並不熟悉。現在的年輕人表現得拘束，給人的感覺很老成，懂得的事情少，又沒有想像力。東西學得多你就懂得多，懂得多就變成生財工具，會對自己活下去的條件比較有信心。

靠父母親供養，就得尊重一些家庭規則。靠你自己的雙手，你可以我行我素。

趁年輕學多些專門知識一定沒錯，人最可憐是怕老怕窮，只要有實力，隨時可以轉行，不用擔心生活的人，自然日子過得開心。

讀大學不是只是為了讀書的，是為了感受大學的氣氛。如甚麼都要聽教授教，而自己不懂看書的話，那就實在是可悲。

如果自認懷才而不遇，就是你不夠努力。我年輕時很努力的呀，早上上華校，下午上英校唸英文，希望把英文學好。

現在的年輕人缺乏追求高雅生活的志趣，例如不懂得享受精心炮製的佳餚美食。年輕人不去珍惜現有的好東西，美好的事物就會失去得愈來愈多了。

老來時

當體力上，或者性愛次數會告訴你，你已經老了。但一個人就是老了，一定要老得乾乾淨淨，衣服不用名牌但要清潔，要洗澡，不能容許自己的身體有難聞的味道。

我不讓自己自以為是。這樣，我即使面對那些無聊的人，我也漸漸不再憤怒。雖然到了這把年紀，我還不能做到寬恕，但我已學懂把他們看成不重要，包括對方發表的任何言論。

年老最好的一件事，就是知道時間無多。

人老不要緊，千萬別髒，衣着是否名牌不重要，乾淨就是。

年老或貧窮都不要緊，只要清潔，人的尊嚴就自然存在。

對於生命，可怨的只是一切走得太急，人失去了尊嚴，而且愈來愈多規矩。

任何人一生下來都走向死亡，你也有一天會變老。

人生的甚麼東西你都經驗過了，享受過了。人家說你活的比人家活的一生還要多。這種就是充實啊。

一生已步入黃昏，有幾個志願尚未完成，其中之一是開家妓院。

人走了，棺木金製和鑲滿鑽石又如何？功績出在他活過的一生，是寶，或是草。

追悼會一定要在生前舉行。大家在一起開個派對，吃吃喝喝後離開，從此隱姓埋名不涉世事，不見俗人，與死相同。

一夜白頭

母親是九十多歲時走了，不應該有太濃重的傷感。她大概也有為自己算日子，她死前的一段長時間，主動斷絕和所有人溝通，即使見到親戚朋友也只是很淡然的招呼一下，沒多半句話。我很清楚她沒患上老人癡呆症，她大概只是為自己計劃一個較少傷感的離世過程，想起來，我認為這樣的方式也不錯。

只是我們潮州人，父母離世的一段時間，暫不會剪髮剃鬚，這方面我仍是會遵從。反而在父親過身時，我非常悲痛，我從小跟他的感情很要好，十多歲離家之後，一直跟父親書信來往，每星期至少兩封，在書信中我們像最好的朋友般無所不談。他死後，我才明白一夜白頭這回事，霎時間感到自己整個人一下子老了很多。以前我總比實際年紀看來年輕，那一夜後，六十歲的我就變回一個六十歲的老頭。

古人有句「丹青不知老將至」的句子，幸好我的頭髮雖然白了，但是還沒掉光，所以也不感覺老。體力大大不如倒是每天感覺到的，像酒量、像性愛的次數等等。思想上可是愈來愈年輕，覺得周圍的人都比我穩重。我常開玩笑，說我和年輕人有代溝，我比他們年輕。

生病以後

我常將快樂和病痛放在天秤上，看哪一方面多一點。智者說過，任何歡樂和享受都是由犧牲一點點的健康開始的。

過去寫微博，都是手寫之後請秘書用電腦上網發佈，我叫做「秘書輸入法」，但在一次生病的期間，集中精神學竟然就學會了。

經過大病後，沒有對人生看得更化。仍是一貫的生活，吃吃東西，到處走走——過生活且能賺點錢，玩樂的目的仍是不要忘記這個目的！

回首青春時

在我的青春中，我最大的收穫應該是有很多的女朋友吧。

青春給我們的教訓也不少。年輕時，我們做的很多事情都是蠢的，因為沒有嘗試過，經驗太少，所以難免會做得不好，反正我是自己原諒自己了。

六十到七十年代，是一個美好的年代，大眾仍是自由奔放，還記得那時候在大馬，吸食大麻是合法的。

緣份這件事，來就來，不來也不惋惜。早點來更高興，遲的話，六七十也不打緊，只是個伴嘛。

活到我這個年紀，總是覺得，青春並沒有甚麼是值得回憶或者懷念的，沒有。人生的每個階段都是好的。

愚蠢只是一個觀點和角度，老成的人認為年輕人愚蠢，而年輕人自身，並不覺得自己愚蠢，那就不愚蠢了。

每一個人對自己的過往，都只留下好的。

我一直強調人生只有吃吃喝喝，這當然是開玩笑；其實，心靈的慰藉是很重要的。所以我經常鼓勵年輕人多看書，多旅行，這都是精神食糧，也是老了之後的本錢……可以用來回憶。

完美的一生

對看不順眼的人當沒看到，罵對方來做甚麼？如果罵能改變事實，可以停止戰爭，我會做烈士。

與其去改變別人，倒不如去改變自己的觀念。對自己好一點，好好享受短暫的人生，那才更有意義。

愛別人之前，先要愛自己。

完美的一生，是如何去對自己好一點，對別人好一點。

父母親教導，不可以貌取人；但以貌取人是一個指標，我非常贊同。

就是因為沒有以個人得到真正豐收和無憾，更應該去爭取，做人自私一點不要緊，懂得愛自己，才懂得愛別人。

我命好，是一個富二代，雙親留給我的不是錢，而是教養。

他們鼓勵的是獨立的思考，並從中引導，絕對不説教，讓我們四個子女自由發揮。

自己的努力奮鬥也有幫助，但這不是最基本，努力是理所當然的事，當今被遺忘而已。

這一切都有前因後果，但是運氣還是主宰着我一生人，是的，我是幸運的。更幸運的，我一生沒有遇到鬥爭，沒受過迫害，小時雖然也經過災難，但都能在事後當成笑話來講。

長大後，不知不覺地搞上了電影，更懵懵懂懂當上了所謂的作家，都是運氣使然，若是活在其他年代，我這種半桶水的學問邊都沾不上。

我這所謂的懂吃，只是懂得比較，這一家比那一家好，另一家更為精彩，比較的結果，就是「懂得」了。

我每天感謝上蒼，讓我生活在每一個區域的黃金年代。

養身秘訣

我的養生秘訣是抽煙、喝酒、不運動，還寫過這樣的書。現在很多方法都在自欺欺人，比如教人該吃甚麼不該吃甚麼。每個人的習慣都不同，一種方法怎麼行得通呢。

買很多書看、玩很多新的電器、穿最好的衣服、飲最好的酒、吸最好的雪茄……不知多過癮。

不需要享受繞膝之樂，就像不需要知道同性戀有多快樂。

愛好廣泛就廣泛了，專注來幹甚麼？我就跟人家講：我的旅行、畫畫這些，都是我的副業，我的正業是玩！所以，我不是每樣東西都做不好，我有一件事情做得很好，就是吃喝玩樂做得很好，非常之高超！

性愛這種事，連腳趾公也彎曲，出一身汗，比甚麼藥都好。

報紙上有一叫「健康與醫療」的版面，最不健康了。有時，還差點害死人。

根據研究，發胖的原因在於食慾大增，但是脂肪最能壓抑食慾，令人不會多吃，是真正減肥的恩物。

養心秘訣

豁達，就是徹底從繁文縟節中解放出來。

抱怨，只當成一種娛樂。

被出賣是家常便飯，照吞下去好了，只要堅守着不出賣別人的原則，心則安之，必有後福。

看慣了人類為一點小利益而出賣朋友甚至兄弟父母，也學會了饒恕。年輕時的嫉惡如仇時代已成過去，但會做人並不需要圓滑，有話還是要說的。為了要爭取到這個權利，付出的甚多，現在，要求的也只是盡量能說要說的話，不卑不亢。

假如人體內證實真的有懶惰基因存在，法國人肯定最多……多到每一天都只會找漂亮的看，快樂的幹，好吃的吃，舒服的躺……人生如是，飲得杯落。

經過幾十年，發現自己樂觀了一些，我定了一個目標，往這個目標走，希望這一生過得好一點，今天過得比昨天快樂，希望明天會比今天有更多享受。

有人問，假如明天就是世界末日，你今天打算做甚麼？我說，我沒考慮過，因為這不成立。

太快決定自己的命運，以後漫長的日子怎麼過？把眼光放遠一點，多些認識新朋友、新事物。

這個世界上每一個人都跟你想法一樣的話，這個世界就不大好玩了。

樂觀是一種本性，天生俱來，我沒有影響到你，我只是把你身上原有的帶出來。

一切的悲劇怎麼發生的呢？還不是其他人硬加在自己身上的道德觀？

我夢蝴蝶，或是蝴蝶夢我？虛虛假假或實實在在，我們都得活下去，當它是真的，就是真了。

往好處想，人生觀會變得豁達。

人類需要別人肯定，自信心才能強。

精神上的健康，比肉體的更重要。

化「煩」為簡

不喜歡把問題弄得很複雜，好事壞事盡量處理得簡單。所有的東西甚至電腦都是加和減、1和0計算出來的，那麼人生觀也應該是簡單的方式。決定就不後悔的話，可以剩下很多時間去思考其他東西。

A君B君，選其中一個，別後悔，煩惱即消。

得不到的是最好的，想得到，需做種種犧牲。要做，就別後悔。

任何事，由第三者來判斷，總缺乏準確度。自己的經驗，不管是好是壞，終身屬於自己的。

一些時候，異想天開，不失為好事。想法成熟了，就去做，總好過不做。

到處都一樣，人有好有壞；運氣不好，便遇上後者，沒得怨。

已經發生的事，太過責備自己一點用處也沒有。如果你沮喪，更是罪過，應該把悲憤化成力量，創造美好將來。

臉上的每一條皺紋，都寫着我每一種人生經驗，這是我的履歷書，不必擦掉。

要做的事真的太多了，我現在的狀態處於被動，別人有了興趣，問我幹不幹，我才會去計劃一番，不然我不會主動地去找東西來把我自己忙死。做生意，賺多一點錢，是好玩的，但是，一不小心，就會被玩，一被玩，就不好玩了。

所有的人與人之間的溝通，我最鍾意用問答的方式來進行，問題愈短愈好，回答的也是。這一來像你發一球，我回一球，拋來拋去，好玩得很。

一般人的發問，最喜歡以「其實……」來開頭，回答也是，這種開場白最沒有用了，最多餘了。其實些甚麼？已是其實的，講來幹麼，為甚麼整天其實來其實去？

所謂學問，就是問了之後學到的，問問題是學習的最佳方式，但是在發問之前，必得想一想，為甚麼目的問，問得多會不會出醜？

人們還喜歡發問愚蠢的問題：怎麼發財？怎麼不學自會？怎麼不勞而獲？唉，天下笨人真多，只有叫他們去吃發財藥，去喝聰明水，去死吧。

一點也不經過大腦就發問，是最低能最弱智的，廣東話中有一句説得最恰當，就是「睬你都傻」。

關於婚姻和戀愛，更有傻得交關的問題，當然，戀愛中人，都是傻的。最多的問題：我愛他，他不愛我；他愛我，我愛別人怎麼辦？

我的回答只有兩個字：「涼拌。」

出現的第三個，更是糾纏不清，A君愛B君，A君愛C君，ABC君怎麼愛？不必問了，把這些問題放在顯微鏡下，就可以大作文章。

吃是人生中最大的藝術

不讓食物吃了你

吃，還是最重要的；人，必須吃。

食，不是給食物食你；飲，不可給酒飲你；玩，不可反被玩物控制。

沒所求，只希望想吃甚麼有甚麼。

要吃，就要吃得快樂。要活，就要活得輕鬆。身心舒暢，一切災殃化為塵。

盡量吃最好的，也不一定是最貴的。愈難找愈要去找，吃過之後，此生值矣。

吃，不光是食物，也是氣氛，大家一起開心的吃，才是享受。

甚麼人會厭食？應該是思想簡單，平時少讀書，不求進步的人；他們自卑感重，怕失敗，又不懂得處理失敗，惟有厭食，或是暴食，走向任何一邊的極端。

零食的最大好處是吃多了，肚子飽，正餐吃不下。這也好，正餐吃少一點，就不必去減肥，道理和廣東人先喝湯再吃飯菜相同，不必吃過飽，北方人不懂，吃飽了才喝湯，一下子就撐住，太不會養生了。

吃，是一種生活態度，一種熱情，其他的可以消失，但是熱情不可以消失。

其實我本人對火鍋沒有甚麼意見，只是想說天下不止是火鍋一味，還有數不完的更多更好吃的東西，等待諸位一一去發掘。你自己只喜歡火鍋的話，也應該給個機會你的子女去嘗試，也應該為下一代種下一顆美食的種子。

做得好的四川火鍋我還是喜歡，尤其是他們的毛肚，別的地方做不過他們，這就是文化了。從前有道毛肚開膛的，還加一大堆豬腦去煮一大鍋辣椒，和名字一樣刺激。

我真的不是反對火鍋，我是反對做得不好的，還能大行其道，只是在醬料上下工夫，吃到不是真味而是假味，這個味覺世界真大，大得像一個宇宙，別坐井觀天了。

我愛憎分明，有點偏激，這個個性影響到我做人，連飲食習慣也由此改變。原來，每個地方的人，對甜的觀念是不同的。吃慣酸的人，只要有一點點的甜味，就說很甜的，我才不贊同，他們說有一點酸而已，「而已」?「而已」已經比醋還酸了，還說「而已」?

有了這個原則，就有選擇，凡是有可能帶一點酸的，我都不會去碰。

吃水果，一定要甜。如果想吃酸的，不如去嚼酸梅。

吃是人生中最大的藝術

我寧願叫自己一個人，寫作人，電影人。對於吃，不能叫吃人，勉強叫好吃者吧。

我對美食家這稱譽頗反感，畫家都要有天份，努力地畫才能成家，但只懂食這基本需要怎能成家？如果要在我的名片上印上一個銜頭，我會自稱味匠！匠是民間工藝者，正如我在各大小食肆試味寫食評一樣。我寫食評只因為我對食物有點認識，用來賺錢只是一種商業行為吧！

你想想，一天刷兩次牙，吃三次飯。如果一天要吃三次你都不研究，不就很笨嗎？吃一定要有心得嘛，吃菜要敢於冒險，要有好奇心。

吃是一種藝術，懂弄菜又是另一種藝術。世界上每個人都懂得弄菜，因為食是人生中次數最多的動作，一天最少三次，刷牙也只是兩次吧！

美食和情慾的配額二選一的話，我當然選美食的配額。情慾只得幾分鐘，都是「吃」比較重要。食色性也，食排行在先，吃飽才會想那回事！

這世界有兩種「吃」的人。一種是有錢的窮人，一種是沒有錢的富翁。吃是「窮」不了人的，沒有聽說有人因為吃而傾家蕩產。只有「賭」，只有「遇到壞女人或壞男人」，才會傾家蕩產。

因為吃在比例上開銷低，一個人不可能每天吃鮑魚、燕窩。吃經濟小菜也照樣可以吃得很開心，很回味。

發現只要食材夠新鮮，冷吃也會吃出好滋味來，像河豚，冷了一點也不腥。潮州人的凍蟹也是一個很好的例子，大家都吃冷的。

西洋人的頭盤，也多數是冷的，像龐馬火腿和蜜瓜、牛油果和螃蟹肉、各種沙律等等，沒有一樣是熱的。還有冷的湯呢，用番茄或綠豆熬出來，凍了才有香味。

中國餐的冷菜，那簡直是一個天地，無奇不有。基本上我愛吃浙江人的醬蘿蔔、鴨舌、馬蘭頭、醬鴨、羊羔等等。大閘蟹上市時，做出來的醬蟹更是天下絕品，那種蟹膏的香味，是要吃到拉肚子才肯放下筷子的。

搶蝦和血蚶，更是我的至愛。所有的凍食物，像葱爆鯽魚冷藏後的魚卵魚啫喱、豬腳凍等等，也忘不了閩南人的土筍凍。

上海人還有一種失傳了的魚凍，那是用網袋把九肚魚加入切碎了的雪裏蕻煮了，擠出魚汁來，再拿去做凍，好吃得不得了。

廣東菜的冷食更千變萬化，已不可一一枚舉，即使燒臘店裏的半肥瘦叉燒，冷了更有一番滋味。

潮州人的魚飯，基本上都是吃冷的，蘸了普寧豆醬，就那麼吃，鮮美至極，凍蟹更是受歡迎。

讚美所有的冷食物，任何冷的我都喜歡。對於冷這個字，不喜歡的，只有冷言冷語。

我是個麵癡，但是並不喜歡吃湯麵，我的至愛，是乾撈。只有撈麵，才能真正地吃出麵條的香味、韌度和彈性來，一浸在湯中，就全失了。

我前世應該是江浙人，所有江浙菜，只要是正宗的我都喜歡，我的家鄉菜，是滬菜。

只要好吃，都是家鄉菜，我們是住在地球上的人，地球是我們的家鄉。

中國的美食還是暴發戶心態，比較喜歡吃貴的食材，連我去青海，沒有海鮮的地方都能吃到海鮮，這是一種很暴發戶階段的心態。每一個富有的社會，都會經過這個階段，經過了就有反璞歸真的時候了。

雞肉最沒個性，牛肉好的不多，豬肉最香，但說到愛恨分明，還是羊肉好。我是個羊癡。你跟我去吃飯的話，你會發現我的飯量並不大。我會淺嘗，那麼淺嘗，就算下了毒藥的話，也不會死人。

我吃東西當然崇尚天然，連人工養殖的魚也不喜歡，何況甚麼化學食油？我相信愈天然的食物愈美味，美味的食物帶來快樂，快樂自然帶來健康。不過現時胃納已不如前，吃東西淺嘗即止，就算食物有害，相信也毒我不死。

人類的飼料——快餐

快餐不是食物而是飼料。

年輕人對食物的要求並不高，如果你們時常吃快餐，那你們慢慢的就會不懂甚麼是食物，而只懂得甚麼是飼料。

這又不是高科技的東西，視乎你是否有興趣，沒興趣的食像飼料，不是食物。我認為要離開家鄉，在他鄉與原本的食物作比較，才知道好味的食物是甚麼。

不要忘了豬油的本

太油膩，就不要吃了嘛。豬油撈飯都不能吃，不如死掉算了。

世界上沒有比豬油更香的油了。不過如今香港不好買了，也沒人敢吃豬油。好在菜市場有人會送給我。我把豬油切成豆腐塊，炸小了，蘸點白糖，也很好吃。

一碗白飯、一點豬油、一點醬油，這麼簡單的飯就是要提醒大家，我們當年有甚麼？做人不應忘本。我記得小時候我家在大陸有很多親戚，媽媽每隔幾個月就一桶一桶地往大陸郵寄豬油，油漆桶大小的。我現在還記得那時的情形。

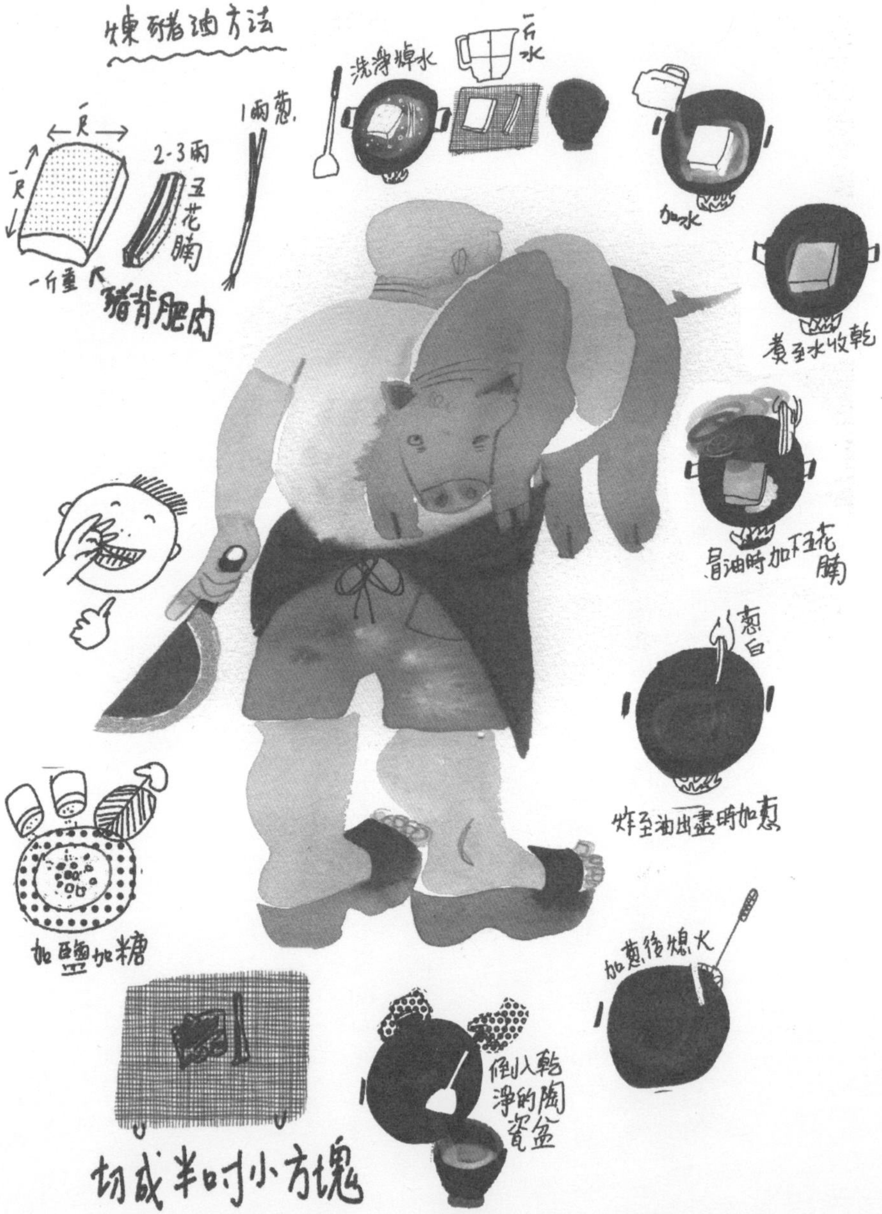

煉豬油方法
一尺
一尺
一斤重
豬背肥肉
2-3兩
五花腩
1兩蔥
洗淨焯水
一斤水
加水
煮至水收乾
冒油時加下五花腩
蔥白
炸至油出盡時加蔥
加蔥後熄火
倒入乾淨的陶瓷盆
加鹽加糖
切成半吋小方塊

雲吞麵一不用豬油，就像做人沒有性愛。不下豬油的雲吞麵，有如一百歲的長者，人還是健康活着，但是甚麼感覺都喪失了。

麵和豬油是一種完美的配合，試試看去上海館子叫一碗葱油拌麵，要是用的是植物油，那就完蛋，不吃好了，餓死算數。

可憐當今的滬菜館子大多數不用豬油了，也有克服的方法，那就是叫一客蹄髈，把飄在表面上的豬油撈起，淋在麵上。

不吃也罷

古靈精怪的食物，只試一次，甚麼貓、猴子腦、炸活魚統統不吃，這些東西討好不到我。

叫我吃甚麼都可以，我樂意嘗試，可是就是不吃貓肉，因為我很喜歡貓。

山珍海味，我不喜歡。還有鳳梨，因為小時候吃太多了。土豆、西蘭花我也不喜歡吃，沒甚麼味道。

我在深圳時，經過菜市場，看見人家做狗肉，把狗頭、狗胸、狗肺滷好了擺在那裏，一份一份。一看到寫着「狗肺」，我想：「唉，給人家罵得多，是甚麼味道？」就試試看，特別不好吃，是我吃過最不好吃的。我在墨西哥吃過蟲、螞蟻蛋、田鼠等等。

吃過最不好吃的食物？每天都吃着相同食物就一定不好吃。

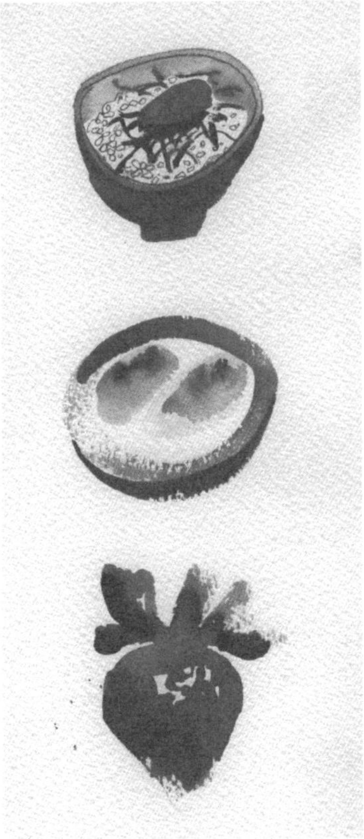

味覺即文化，久了成傳統

日本人生產的蟹柳，我就不吃。口味的準則是很個人的，主要看個人喜好而定。我覺得要評定食物好不好吃先必須作比較，當你吃過這攤雲吞麵後，再去吃另一攤作比較，只有不停的比較，你才會知道好吃或不好吃，如果你只是停留在這攤雲吞麵的話，你就只會認為這攤是最好吃的了，因為無從比較嘛！

芝士不一定愈臭愈好，先試試，再比較，選自己喜歡的味道，有興趣才鑽研下去。別人說甚麼，不必理會。

甚麼是飲食文化？那就是你從小得到的味覺。

食物是一種培養出來的文化，要有長遠的歷史，也要靠肥沃的土地，不是

4 lb 8 oz
4 ft 8 in
★★★★★

魔術可以變得出來的。

食物都可以做得很有文化，中國菜的菜名就千變萬化，不少古籍中的食譜是真有其事，只是廚師願不願意嘗試去做。

一種菜經得起時間考驗，一直有人吃下去，就成了文化。

一門技巧，絕對需要時間變化和發展得來，不會一朝一夕出現，這就是所謂的傳統了。

很多傳統的食物，大家都不記得了。比如上海的「九肚魚」，把魚和雪裏蕻煮湯，它的膠汁很重，把剩下的骨頭丟掉後，魚肉和雪裏蕻弄成一個凍，非常好吃。可惜現在沒有了，再吃不到了。還有《隨園食譜》裏寫的一些紅燒肉，如東坡肉再拿去煙燻，現在也找不到了。

我還喜歡追尋傳統的食物，像月餅，以前小時候吃的正宗月餅，並不甜膩，是用紅蓮蓉做的。現在我在廣州，親自監製「蔡瀾月餅」：紅蓮蓉與五仁兩種，就是懷舊的味道。

與其保護面臨絕種的動物，不如先保護面臨失傳的傳統美食。

甜與鹹，不只是一個味道，而是一種觀念，你認為這一道菜應該是鹹的，但是一吃，加了糖，變成又甜又鹹，就覺奇怪，就吃不慣。對於上海人來講，他們從小就是這個吃法，一點問題也沒有，對其他地方人，就產生怎麼吃得下去的想法。

固執地認為又甜又鹹的東西不好吃，那麼人生對於吃的樂趣就減去了一半，而永遠覺得只有家鄉味好，就是一隻很大很大的井底蛙了。

天下美食，都是一群大膽的、充滿好奇心的人試出來的。只要安穩，不求

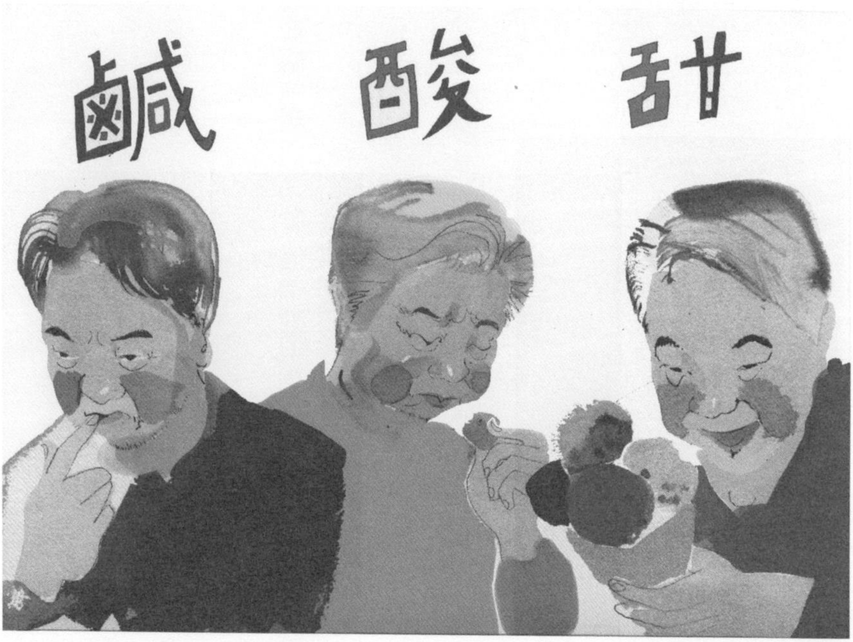
鹹
酸
甜

變的人，是無法享受，也不值得讓他們享受。

不愛吃的味道，慢慢地接觸，像談戀愛一樣，久而久之，便發生感情。最初，我們都不吃刺身的；最初，我們很討厭牛扒；最初，我們聞到芝士味道，就掩鼻。

一走進那個陌生的味道世界，宇宙便給我們打開，要研究的像天上的星星，一生一世的時間是不夠的。

回到基本，甜與鹹可以結合，酸與澀亦行，總之要試。我不厭其煩地重複：試，成功的機會五十五十；不試，機會是零。

但是，有些人怎麼去說服，也說服不了，不必生氣，也不必教精他們。這些人，注定只有傳教士一種方式，不必同情，讓他們自生自滅。

苦瓜又叫半生瓜，照字面解釋也許是全熟了不好吃，太熟變黃，半生時碧綠，極美。半生，也可以說是到了人生的一半的時候，才慢慢欣賞苦惱之中帶來的滋味，愈吃愈覺得這種苦味比甜酸和辣更深一層，喜歡上了，代表我們已經可以吃苦，人生已經安逸。

不是要老了之後才能欣賞，我友人的一個小兒子，自幼喜食，吃苦也可能是天生的。但這種味覺的基因，在西洋人身上就遲鈍了，從來沒聽過洋人喜歡吃苦瓜的故事；沖繩自古以來不屬日本，連日本人也不欣賞。

鮮字已成為甜酸苦辣鹹之後的第六種味覺，我們吃慣了不覺得是甚麼，西洋廚子要到近年才開始接觸，不過認識尚淺，大部份廚子還是不去追求，以為崇尚自然才是大道理。

像當今大行其道的北歐菜，都是盡量不添調味品，這我並不反對，但是吃多了就覺得悶，用一個「寡」字來形容最恰當。

鮮味吃多了，也會「寡」的，像雲南人煮了一大鍋全是菇菌的湯，雖然是很鮮很甜，但不加肉類的話，也有寡出鳥來的感覺。

我們到底是吃肉長大，雖然也知道吃素的好處，但總得在其中取得平衡，才是最美味的，不管是中菜西餐，葷菜或齋菜，最後還是得取平衡才是大道理。

做食家不能只會吃

我們愛上一種東西，只管愛好了，成不成得了家，又如何？

心目中的美食家的首要條件，就是要犧牲一點點健康。

美食家是有自己尊嚴的，別說拿紅包，就是因為工作關係常常到各餐廳吃飯，都是自己付賬。這是食評家最基本的堅持。這樣才能保證他的觀點客觀真實。歐美發達國家都有職業的食評家，他們的稿酬很高，也很專業而且有操守，就是靠寫食評生活，絕對不會靠給餐廳宣傳要錢。

正式的食評人，試菜是應該自己掏腰包的，我從來都是付賬吃飯，朋友相約飯局試菜，只是友聚，不寫的。

做食家不能只會吃，還要懂得做菜。我不會做菜，但會創作。一塊腩肉加醬油煮一小時已經很美味。又可以到街市買頭大龍蝦，慢火烤，吃肉，吃蝦頭膏，做蝦腦刺身放湯，一隻龍蝦做出多樣變化，足夠消磨一個寂寞的晚上。

還有真正試菜，不能入廚房看製作方法，就是憑一己的本領去試然後寫，吃完寫不出，走入廚房看，等於作弊，我見時下很多新派的食評人都是這樣。而太穩重太傳統的食評人，無局不去不寫，做甚麼都是要自己負責任的。

通常試四、五間才寫到一篇食稿，稿費是永遠都不夠！

一個美食家失去了對美食的感覺，那會怎樣？自殺可也。

食家憑「心」

要成為一個好吃的人，先要有好奇心，甚麼都試。我老婆常說要殺死我最容易，在我未嚐過的東西裏下毒好了。

我每兩、三年都會食物中毒一次。幾年前在香港，曾經試過食物中毒，不是因為食物骯髒的關係，而是我有時也不知道，一些食物吃多了，就會導致中毒。那次就是吃太多新鮮的金針花菜，結果就導致中毒了。

要成為食物的專家，要有好奇心。學問，要先問才能學。

舉個例我到街市買豬肉，問那個檔主豬的哪個部份最好吃？他建議肉青，即脂肪和肉混在一起的那部份，以前是用來做臘腸的，無人食，後來我積極提倡，終於成為現在極流行的豬頸肉。問得多，累積了知識，寫出來，成為專家，就能賺錢！

對自己忠實，好就說好，壞就說壞，最安全了。專家的寶座，讓給別人。

喜歡中餐還是西餐？那要看身邊的女人是中國人還是外國人！

拉麵為小販式經營最為妥善，規模一大，水準便失。傳統者一家店只得一、二個人主掌，味道私人化，最多也是一間小店，人手不超過五六人者。

札幌最傳統的麵家「時計台」，老闆曾說：「經濟差，吃拉麵。」老百姓生活艱苦，麵為便宜者，可行。但要有特色，才能生存。

廚房是我的娛樂場所

遇上食肆老闆要求合照，變成餐廳的金漆招牌；如今市道艱難，這樣可以幫到別人便沒所謂。即使食物質素一般，我也不會公開批評，除非是收費昂貴的大集團，財力雄厚卻煮不出好菜，那便難辭其咎了。

香港人很幸運，還可以在流浮山吃到野生的黃腳鱲，那種香味，在廚房中蒸的時候，在客廳已能聞到。還有驔仔蟹，那甘香的蟹膏也是別處吃不到的。真正的老鼠斑有股幽香，像燃燒沉香一樣，好吃得沒話說。

食河鮮也講時候，如鯉魚到了秋天才肥美，也要挑公的來吃，因為鯉魚的精，日本人叫為「白子」的，比卵更甘香，用薑葱焗或清蒸都好吃。

至於做菜的過程，先炸豬油吧。做菜的每個程序都要慢慢享受，有些人說沒時間做菜，從洗菜、摘菜、切菜，到最後洗碗要花很多精神。其實，會做菜的人不會寂寞，廚房是我的娛樂場所。我還洗碗，洗得很乾淨。我和成龍在外面拍戲，自己租了一個廚房，都要自己洗碗，這個過程很享受。

看一個人的廚房能看出他的性格。灶頭比較小，就知道不太重視做菜。廚房講究的人大多是歐洲人。我在法國鄉下碰到一個醫生，他廚房裏很多炊具都有幾十年的歷史；廚房長桌很大，他說以前二戰打仗時給傷兵開刀，他用的就是那張桌子，特別好玩。

我曾經想把客廳改成廚房，但是遭到家人的反對。現在家裏只有一間普通廚房，但是灶頭火很猛，找人訂做的。廚房是我生活的一部份，常常走進走出，等於是我的另一個書房。我進廚房後的第一件事就是泡茶：普洱茶、水仙茶、鐵觀音、日本茶、泰國茶……我有幾十種茶葉。

和家人同住的話，千萬別讓她或他放甚麼乾貨或藥材進冰箱裏面。乾貨嘛，本來就不必冷藏的；藥材放進冰箱，一放就很快地放滿，草藥應該是曬的，中藥店的貨也不見得要放冰箱。

東西吃不完，要捨得送人，送朋友不好意思，送大廈管理員，總有人會喜歡。女人的毛病就是甚麼都不丟，甚麼都不送人，結果冰箱又放滿了，只有再買一個，有些朋友家裏還有第三個冰箱。

冰箱再多，也多不過倪匡兄，他三藩市的家很大，冰箱最少有七八個，有些是專門用來放凍肉的，三呎乘六呎那麼大。到底，在外國要出一次門購物不容易，倪太抗議：「也用不着買那麼多個大冰箱呀！」

我們的倪先生百無禁忌，笑着說：「也有用的，走時躺進去就是。」

做菜也是生活態度

有時候會訓練我的家政助理做菜，晚上有空我就自己燒。我太太也燒菜，我在的時候多數是我做，我喜歡做菜。如果每天都在家裏吃的話，就做不同的麵食，今天是乾燒伊麵、陽春拌麵，再過一天就是炒麵，總之不能重複，我家有很多麵條。

做菜要看心情，有時間就慢慢做，其實炒四五個菜很快，每個菜不能炒過三分鐘，不然就老了。家裏就我和太太兩個人，加上小的配菜、小酒，我常做十多個菜，大概一個鐘頭。我不會考慮吃不完的問題，我要很多變化，不會吃兩個就算了。不過，有時候忙起來就可能只有一碗白飯，放上小小的魚或黃泥螺。

家裏有幾十種醬料。豆芽豆卜，如果單單放鹹鹽就很寡，它們沒有多少滋味；放點魚露、蝦油就有一點魚腥味。燒冬瓜，就要用乾貝，乾貝本身有海水，就不用再加鹽了。

鹹甜酸苦辣，最喜歡鹹。

像上海菜的濃油赤醬，我最有興趣。酸反而不特別喜歡，酸就酸嘛，沒有特別的味道；酸層次不高，沒有變化。鹹就很廣，辣也很廣，每種味道都有層次。

每種鹹都有變化。從醬料開始，醬油有濃、有淡，還有壺底醬、麵醬、豆醬，還有蝦子油、魚子醬等等。以前中國人窮，我們對吃鹹就很有研究，因為鹹可以下飯。過去我們還有海鹽，連鹽都有幾十種。寧波的黃泥螺、蟛蜞，都很好吃，都很鹹。我們吃魚子醬，太鹹了就不好吃，現在世界上只有幾個伊朗人可以做最好的魚子醬。不吃就不要吃，要吃就吃最好的。

辣，排在甜酸苦之後，是較不受歡迎的味覺，不過一旦愛上它，那倒是玩之不盡，味之無窮也。

我也喜歡吃川菜，味道真是好。有人說，新加坡人也吃辣嗎？當然啦。我們也吃麻，麻沒有問題，沒有辣不好吃，不過香港人吃川菜就不習慣。真正熱愛美食的人甚麼都吃，如果說自己喜歡美食，但又不吃這個又不吃那個，那他肯定不是真正喜歡美食的人。

最辣的辣椒是巴夏灣的 Habanero 黃色小燈籠辣椒，又香又夠勁。還有南洋、新馬、墨西哥、匈牙利的菜我都很喜歡。其實，四川菜變化很多，把雞肉剁得很細，做湯，還有把蘑菇做得像雲吞一樣。我可以吃一桌子菜，一點都不麻辣。甚麼叫麻，麻的境界也很深、很廣，但是四川人太喜歡放味精了，我受不了。味精沒有層次，雞精和味精是一樣的，說它們有不同，簡直是胡說八道。

日本人很有精益求精的精神，這五十年來他們把湯底研究又研究，麵條的軟硬度發展了又發展，弄出一碗非常美味的食物，街頭巷尾，一定有一兩家人賣拉麵。他們也承認拉麵這種東西由中國傳去，可是已變成了他們的「國食」，日本人不可一日無此君。拉麵的存在，像韓國人的金漬，如果把拉麵從日本人的生活中拿走，他們會感到非常非常地孤寂。

吃與健康不是天敵

對注重體形但暴食的人，餐後一杯普洱茶，就能抵禦膽固醇。

你認為自己是健康的，便健康了，道理很簡單。

要死，也得做個飽死鬼。美好的食物嚐過後，一生無憾，已是天不怕地不怕了。最糟糕的是甚麼都沒吃過，就那麼白白去了，真可惜！

所有健康菜做得並不好吃。好吃的話，我怎會拋棄健康呢？所謂不健康的，像豬油那一類，當然比用植物油燒出來的菜香，但不是天天吃，又有甚麼打緊？

靠多年來的觀察，我得到的結論是：吃米的民族，比吃麥的矮小。君不見南方人矮，北方人高嗎？前者吃米，後者吃麥。西方人比東方人高大，他們吃麵包，我們吃白飯。

當然這一切並沒有資料和數據，那是需要臨床試驗，那需要龐大的資金，誰有那麼多功夫統計？連花在白老鼠的實驗都不肯，惟有靠觀察而已。

現代人吃飯已愈吃愈少，大家有個錯誤的觀念，以為白飯令人發胖。尤其是女士們，更不敢去碰，但她們遇到麵包，照吃不誤，牛油更不忌，搽完又搽。

在這裏我們得還白飯一個清白，它是一種純天然、無害的食品，白米的蛋白質含量極低，應該是減肥食物才是。當然，狂吞又是另外一回事，吃甚麼，過量總是不好。

米飯

搞飲食，老闆、師傅、基礎功一項都不能少

所謂西餐，並不一定把洋人廚子的照片刊登在雜誌上，就是品質保證。

若是請了個外國人來做總廚，可能他就不懂得當地的味道。他會用他的理念來做一些食物，但你的餐廳主要的顧客還是當地人，他們的口味跟這個外國廚子的習性有很大出入。所以我說，有的時候，請個外國大廚未必就能做出美味的食物，就是這個意思。

平、靚、正三個條件，永遠是黃金教條。做得到的話，不必怕。小食做得好，生意一定好，你我都高興。

最貴的餐廳有人光顧，最便宜的也有人光顧；走中間路線的，死定。

靠廚子的西餐廳，執笠的例子最多。師傅一走，就完蛋了。日本菜也難做，客人一吃出毛病，也沒得救。韓國餐廳最能生存，食材不貴，做的烤肉又不假人手。糖水店也好做，由小發到大，利潤很高。但是做甚麼都是一樣的，一好賺，競爭就多。非做得標青不可。

廚子重要，但老闆也重要。前者多數是工具，後者才是腦。有一點需要特別注意，那就是開餐廳很纏身，老闆一定要留在店裏，一走開，毛病就出來了。

收銀員把收進的錢，袋進自己的口袋裏；進貨時職員拿回扣呀！師傅把食材拿去賣呀！偷工減料呀！樓面的招待員服務態度不佳呀！全體職員被人高薪挖走呀！問題說不完的，這不止在香港，世界上所有開餐廳的人，都面臨。

所以說開餐廳和拍電影一樣，要有個明星，食肆也要有招牌菜，只要有一樣做得比別人好，一定出眾，一定有顧客支持。

新派的Fusion菜，我只是歧視做得不好。

新派菜的毛病出在廚子的基礎沒有打好，就靠所謂的創新來騙客人。基礎打得好的話，怎麼變也會變出好吃的東西來。

年輕人最大的問題是迷惘，不知前途如何；成年人最大的煩惱，是不願意聽無能的上司指點。

在網上，很多人問我這些難題，我的答案只有三個字，那便是「麥當勞」了。

把這三個字推銷給年輕人，是當他們問我失業怎麼辦？好的，去麥當勞打工呀，一定有空職，他們很需要人才。人生怎麼會迷惘呢？最差也有一個麥當勞請你。

如果你肯經過麥當勞式的職業訓練，對今後工作的態度也會有所改變，就像叫你去當兵一樣，知道甚麼是規矩和服從。你再也不受父母的保護，你知道怎麼走入社會，這是人生的第一步。

一切都要靠自己的努力，沒有直升機從空而降，麥當勞是基本功。開一家餐廳，有數不清的困難和危機，對人事的處理，有學不盡的知識。做任何事，都不容易，這是一個最大的教訓，麥當勞會出錢讓你學習。

我一向認為做食肆，只要堅守着「平、靚、正」這三個字，絕對死不了人。「平」是便宜，字面上是，但有點抽象，貴與便宜，是看物有所值與否。「靚」當然是東西好，實在，不花巧。「正」是滿足。

有了這三個字，大路就打開了，前途光明無量。

基礎打好，有足夠的經驗和精力及本錢，就可以擴大，就可以第二家、第三家地開下去，但愈開多，風險愈大，照顧不到的話，虧本是必定的。

至於賣些甚麼？最好是你小時候喜歡吃些甚麼，就賣甚麼，賣不完自己也可以吃呀！老人家說不熟不做，是有道理的，你如果沒有吃過非洲菜就去賣，必死無疑。

即使吃過，只是喜歡是不夠的，也別作去學三個月就變成專家的夢，好好

Rojak
Popiah
Cockle
HOKKIEN PRAWN MEE
LORME

學習，從頭學起，一步一步走，走得平穩，走得踏實。

香港人最喜歡吸納新事物、新食物，泰國菜、越南菜，甚至於韓國菜、日本菜，都可以在香港生存下去，有些還要做得比本來的更美味。

別小看小販，真的會發達的，我親眼就看到許多成功的例子，由一家小店開始，做到十幾二十間分店。當小販不是羞恥的行業，當今有許多放棄銀行高薪而出來，在美食界創業的年輕人。經過刻苦耐勞，等待可以收成日子來到，那種滿足感，筆墨難以形容。

好，大家當小販去吧！

選食店的好方法，就是憑感覺

到底哪一間餐廳最好？這好像在問哪一個女人你最喜歡？那麼多？怎麼選？不如有多少要多少。

選食店的好方法，就是憑感覺，如果有的話。

其實很容易，去最多人排隊的店鋪，不懂當地語言，就在點菜之前，先圍繞食店走一圈，看到最多人吃的東西，指着也點一個就錯不了。

相信全世界最好吃的，就是香港的美食，沒錯，香港沒有本身的所謂「香港菜」，但雲吞麵、飲茶吃的點心、廣東粥，就是我覺得最好吃的「香港菜」。

在香港很多正宗的省份菜已沒落，要到各省份找又很吃力，倒不如在香港

發掘。我提倡的都是「男人食譜」，快狠準，最重要是簡單又味美。

家裏永遠要有湯

我們常嫌湯不夠甜，問題都是出自太貪心，用太多的水。

有時候寫稿到天亮，我就會喝湯。家裏永遠都要有湯，而且每天都不一樣。我喜歡用蓮藕、鱆魚乾燉湯。倪匡不肯喝，看到粉紅的湯，他就覺得很可怕。這湯看上去很曖昧啦，不過很好喝。我還有粟米豬肉湯、清燉牛腩湯，甚麼都有，很多很多。

我喜歡的湯，是好喝之餘，湯渣還能吃個半天的，像紅蘿蔔煲粟米湯。粟米要買最甜的那種，請小販們介紹好了，自己分辨不出的。如果要有療效，那麼放大量的粟米鬚好了，可清肺。下排骨煲個一小時，喝完撈出粟米，蘸點醬油來啃，可當點心。

在家難於處理的是杏仁白肺湯，可給多點錢請肉販為你洗個乾淨，加入豬骨和杏仁進去煲，煲至一半，另取一撮杏仁用攪拌機磨碎再加上，這麼一來杏仁味才夠濃。

要湯味濃也只有用這方法，像煲西洋菜陳皮湯，四五個人喝的份量，最少要用上五斤的西洋菜，一半一早就煲，另一半打碎了再煲。肉最好是用帶肥的五花腩，煲出來油都被西洋菜吸去，不怕太膩。總之要以本傷人，煲出一大堆湯渣來也可當菜吃。

跳出框框來個湯最好，當今的冬瓜盅喝慣了已不覺有何特別，最近在順德喝的，不是把冬瓜直放，切開四分之一的口來做，而是把冬瓜擺橫，開三分之一的口，瓜口不放夜香花，而以薑花來代替，裏面的料是一樣的，但拿出來時扮相嚇人，當然覺得更是好喝了。

不過我喝過的最佳冬瓜盅，是和家父合作的，他老人家在瓜上用毛筆題首禪詩，我用刻圖章的刀來雕出圖案，當今已成絕響。

處處留心，下廚皆學問

學懂煮飯是小時候入廚房看得多，最重要是觀察入微，喜歡問，又喜歡看，才能學得懂，所以現在的香港教育教不出好學生。

經驗都是由失敗中取得，你們自己下廚，也會發現出許多道理來。

學習製造高檔次食品的方法，不如學習精益求精的精神。

頑固很好呀！許多海外華僑就是因為頑固，所以做的菜到現在還是那麼有水準。人老了多頑固，他們的頑固，是因為已經試過很多壞的，不必浪費時間去和你爭辯甚麼是好的。

其實食物是解決感情問題的最好方法。自己煮一碗即食麵，加點蝦，加點叉燒；不好味？下次改用豬骨，反覆試驗。煮到最好吃，足可以填補心理的失衡。

我的飲食歷程

「鏞記」、「陸羽茶莊」和「創發」的潮州菜，「鹿鳴春」的北京菜。香港有一家最好最好的餐廳，我吃遍天下，都認為他們還是天下第一——「天香樓」，他們好吃的菜太多，從最簡單的馬蘭頭、到砂鍋餛飩鴨子、腌黃魚、東坡肉、蟹粉炒蝦仁，他家從來就做得很好。而他們的大閘蟹最肥最好，是第一家從陽澄湖運來，真是不惜工本。

我的飲食歷程，分六個主要階段：

第一是童年時在家裏，吃媽媽、奶媽煮的菜，這個階段沒得選擇，家人煮甚麼就吃甚麼。

第二是出國留學時，窮得要命，惟有拾些便宜的材料，像豬腳、魚頭等，重溫記憶之中，學習家人煮菜的方法，學得像樣了，吃得開心，失敗就再來過。

第三是大學畢業後，一邊工作，一邊旅行，嘗試不同地方的食材，學習各式各樣的烹調方法。

第四階段是安穩期，留在香港的時間多了，甚麼餐廳也去，吃得多也學得多。

第五階段是往日本去，任《料理鐵人》烹飪節目的主持，吃遍日本人介紹的美食，還有往歐洲去拍電視，甚麼名廚也有機會見識。

現在是第六個階段，主要留在香港，體會食物的原味。以前我會說：甚麼也要試一試，但那階段已過去了，我反而喜歡簡單、傳統的美食。

天時地利人和＝飲食文化

飲食除跟經濟有關，還包含文化這重要因素。瑞士人很富有，但吃得不好；中國人最懂得飲食之道，又經過幾千年的糅合累積，這方面的文化最豐富。

法國南部也是頂尖兒的。沒辦法，上帝對這個地方特別優待，天氣、水份、土壤等全是最上乘的；他們吃得好之外，還將飲食變成賺錢的大事業，不斷鑽研改良，文化基礎亦很深厚。

意大利人天生的民族性，自由奔放，吃得盡情，喜歡就地取材。日本人反而很貧乏，近這兩百年才吃紅肉，以前只是個吃魚的民族，飲食的花樣隨便都數得出。

印度本來很有潛質，特色是貧富極懸殊。窮人煮的只是碎米，沒有一顆是完整的，吃時撒點胡椒粒、加點鹽水就是一頓；以前我們在那裏拍戲，當地吃甚麼我們就跟着吃甚麼。但有錢人可以吃得很豪華，幾十道菜上邊全鋪滿金箔，竟然窮奢極侈到那個地步。可惜印度沒有統一的文字語言，文化不能糅合交融，飲食的發展也受到限制。

以前日本人有錢時，故步自封，以為自己那套最了不起；但那時期出國旅行多，見識廣闊了，現在沒錢反而肯改進，積極引入真正的外國飲食，逐漸邁向國際化。

香港本來就國際化，金融風暴之後，潮流是回歸中國傳統與大陸化。

美國雖然有多種民族，但立國只有二百多年，尚未有足夠時間融合為獨特的飲食文化，即使是最有錢也急不來。

下一代的飲食，會愈來愈簡單。通常我們的飲食，由媽媽的廚房開始，其實是一種感情的交流，引發愛心與智力，希望新一代仍有這種體會。

到一個陌生的國度，摸不清當地的特色食物，這時吃自助餐，就能吃出特色來。每樣都試一點，試到自己喜歡的，以後就懂得並可以點叫。

吃自助餐的樂趣是，東拿一點，西取一些，在盤上把紅的綠的食物砌成漂亮的圖案。

我最喜歡吃台灣的「辦桌」，結婚、生小孩，都可以吃，類似有一個專門的做菜團隊，準備好廚具，你要這團隊到甚麼地方去，他就去了。多數是在台灣鄉下的祠堂，哪怕是來一千個人立馬要吃，都能一下子做出來，很地道，非常好吃。

台灣的街邊攤好吃，「內臟文化」最好，腸和豬腦都做得很有特色，很好吃。

中國地廣人多，單以廣州來說。好吃的就很多，而且廚師也很肯努力。

新加坡小吃一向著名，七八十年代有個叫Car Park的小販集中地，各國外賓來吃過，都念念不忘，後來搬去了Newton，就每況愈下，一些海鮮更是專斬遊客，價錢貴得不合理了。

可是當地人每天都要吃呀，真的沒有了嗎？也不是。只要你懂得去尋找，還可以尋回小時吃的記憶，但這是每一個人都不同的，也許遊客們不以為然，但是對於我們這些老新加坡人，小食還是比得上山珍海味。

外國人也不是完全不會欣賞，但緣於甚麼，他們才說好吃呢？很簡單，就是比較呀，真的味道，大家都吃得出，外國人並非每一個都是傻瓜。

感情，最珍貴的調料

有一次，一個餐廳老闆用毛巾包着一封利是，內裏有五千元，我即刻給回他。

我想：今次我收五千，下次人們給四千九，我會罵他：你會不斷期望六千、七千，不會停的……況且，我都不是那麼平，五千元哪裏指使得我。

我很少讓人請吃飯，99%我會付賬；如果我讓你請客，那是我給你面子，但也只會偶一為之。

這是一個好習慣，就是每次付賬後，把信用卡的賬單撕碎，消滅證據。否則老婆問起，我答不出和誰吃飯，她會説怎可能忘記了，我最不喜歡解釋。

最好吃的年夜飯，永遠是小時候和父母一起吃的那些，那種味道是滿漢全席都比不上的。

中國菜沒甚麼難，是靠練習出來的。難就難在你永遠做不好其他地方的菜。我做潮州菜最得心應手，我也可以做地道的上海菜，但是做不出你們從小吃慣的、媽媽做出來的那種味道。這個很奇怪，沒有一個人能做出別的地方的菜。

小炭爐上放塊破磚，擺一粒洗淨的肥蚶。等「啵」的一聲，蚶打開，與好友談天，你一粒，我一粒，是最好的零食。

我曾有過遇上世界末日的經驗。當時我在越南西貢，一直有消息說只有幾天便開戰，那時每一餐都是最後一餐。我們把最好的都拿來吃，魚子醬、鵝肝醬……，還把龍蝦肉拿來灌臘腸，一面醉醺醺一面斟香檳，斟到桌子濕了，還說「斟不滿的？」、「斟不滿的？」。還有些女人赤條條的走來走去。雖然窮

奢極侈，但那種感覺一點也不好受。

我們覺得最好吃的，通常是媽媽煮的菜，你在甚麼地方成長，就愛吃甚麼地方的東西，這是鄉愁；而別人不同意你的說法，你就會和他們吵架，這就是偏見。

酒逢知己

酒深情亦深

酒不論好壞，重要的是與好朋友一起飲。

與其把酒帶在身邊，倒不如把酒帶在肚裏。

喝酒多年，未嘗一醉，只僅有飄飄然的感覺。

大紅燈籠高高掛的多妻時代已經過去，好在烈酒還能擁有數種，甚至數十數百種，人生一樂。

從三歲起，我的臉就是紅通通。人家以為我一定是喝了酒，常常被冤枉，所以乾脆喝酒好了。

倪匡說是「醉生夢死」，我完全同意，嚐完美酒佳餚後在睡夢中離世，說得很好！

我人生中做過的最瘋狂的一件事也和美食有關。有一種酒叫椰花酒，就是把椰子從樹上摘下，把精華一滴滴擠出來，再把酒米放在裏面，就可以釀成椰花酒啦。有一次，我把村裏所有的椰花酒統統倒進了一個浴缸，然後我跳進了那個裝滿酒的浴缸，還跟旁人說，我這是在乘涼。

品酒新鮮人

常對不會喝酒的人說：酒初喝時第一口會覺得苦，第二口就淡了，第三口則可感覺到香。酒慢慢嚐，就能嚐出滋味，而且微醺那種感覺，是形容不出的舒服。

就像我自己向來喝法國產的酒，以後就只喝法國酒。把範圍縮窄，先熟悉一個產地的酒，才再喝其他地方的；不要太花心，是讓舌頭好好摸透一個地區的酒，體驗到酒的真正味道，才去試第二個區。

現今信息發達，憑書本和網上的資料，也可以掌握品酒技巧的一二。但初學者跟大伙兒喝紅酒，就千萬不要扮在行，應該多聽別人分享的心得，才可真正學懂紅酒。

我飲酒比較隨意，否則如果飲酒一定要飲到某個年份、某個地區等，當中很多學問，飲得太專門就要將整個人生貢獻在餐酒上，但普通人只是半途出家，是很難學得這樣精確。

酒一定不要喝到大醉，醉到作嘔就不愉快，那是很難受的。

當酒已喝不出滋味時，就該停下來了。

始於品酒，忠於己

初時喝些二、三百元的酒就可以了。要多喝，慢慢就會發現某一隻最好，就不必理會價錢、釀酒國等，記着它的名稱，之後再喝熟這牌子的酒，即是對它的廠家、年份等有完全認識。有時需花上長時間來熟悉一種酒，所以找到合適的，就已足夠了。試酒時，要看色澤，放在白色的地方上，就能看出是否透明和清澈。之後就輕搖酒杯，要放在桌上搖，這樣無論如何搖晃，酒都不會濺出。再用鼻嗅，最後就呷一小啖，在口腔裏滾動。

曾見過一名女士試酒達到登峰造極，試完後把嘴嘟成小圓形，向着酒盤內吐出一條小水柱，儀態優雅，酒莊的人看到，即時向她鞠躬，讚賞她技巧到家。

會喝酒的人，都不老。

飲酒的人很少吃東西，我只在早餐吃得多，多數會吃麵，午餐少一點，晚餐幾乎不吃。

有些酒是濃些，有些是淡些，不一定要掛杯才好，而色澤是否一定要紅寶石色，其實無甚關係。喝酒時，喜歡就喜歡，不要扮高深，尤其是酒品高深的人，不會隨便評論，只會但笑不語。

所以喝酒和做人一樣，要忠實，要忠於自己的感覺。

最不喜歡是美國加州出產的酒，特別是那些紙盒包裝的雜牌，又酸又難喝，會喝穿胃的。其實人家請我喝酒，喝甚麼都沒所謂，就算是最難喝的加州酒也不打緊，但我會要求混合梳打水來喝，因為任何難喝的酒，只要加了梳打水，就會變得好喝些，至少不會喝穿胃。

一般的白酒，不管甚麼牌子都好，都有一股強烈的味道，喜歡的人說是醬香，聞不慣的感到一陣惡臭。它的揮發性強，瓶子又不密封，貯藏起來一股酒味。

製作成本極低的白酒，當今的售價，全是被炒出來的，我們喝的已經不是酒的價值，而是它的價錢。

我不愛喝白酒，另一個原因，是如果喝多了，那股酒味會留在身上，三天不散，自己的已不能忍受，何況要聞別人的？

為甚麼我們那麼愛喝酒？微醉後的那種飄飄然，語到喃喃時的那種感覺，不識酒的人是永遠不會了解的。世界上那麼多人喝酒，酒的好處，早已得到了證實，不由別人的反對阻止得了。

追求這種快感，酒就愈喝愈烈了，而能喝烈酒，完全是因為年輕，身體接受得了。凡是酒徒，都會經過這一個階段。

西餐紅酒天作之合

所有飲酒的人不論國籍，不知何解，最終都會飲威士忌。

而紅酒中我就最喜歡飲 Pichon，因為很多酒一飲下去根本未能即時辨認到，反而 Pichon 就好像老朋友般，一飲就認得。我不喜歡酸性高的酒，喜歡質感較濃、夠厚、夠醇，就算飲多些都沒事。不少人飲太酸的酒，飲得多會反胃。其實紅酒是西方的餐飲，西方人的食量大，特別是一大塊牛排，需要大量酸性來幫助消化，所以飲酸性高酒是個好方法。但我們吃中菜，就算是一塊牛肉都切得很細很薄來炒，所以在我們的飲食傳統中，不需要這麼多酸性的酒類。

我確實喜歡紅酒，覺得紅酒是飲食的一部份，也是生活的一部份。談到紅酒，要從喝紅酒的歷史説起。最早喝紅酒的是羅馬人和希臘人，後來在整個西

Chopin
POLISH
PURE
SPIRIT

方國家流行開來。因為西方人是經常要吃一大塊肉的，如西餐裏的牛扒、豬扒等等，需要配紅酒喝，紅酒是酸性的，既能消除大塊吃肉的油膩感，也能幫助消化，就連西方的小孩也喜歡喝紅酒。後來，中國人也仿效喝紅酒，但由於中西方飲食差異很大，中國人不宜經常喝，這樣對胃不好，如果要喝也要喝酸性較弱的紅酒。其實，紅酒的好壞與價錢、年代無關，自己喝着舒服，這瓶酒的價錢就體現出來了。

伏特加與威士忌

有種伏特加的喝法是把整瓶酒拿去藏在冰箱的冰格中。在酒瓶上澆水，把酒瓶凍得包了一層冰，伏特加酒精度高，玻璃不會破裂，然後再倒入一個同樣包冰的小杯中喝，倒出來的伏特加像糖漿那麼濃，掛杯很厲害，殘酒會順着酒杯慢慢流下去，用手指一抹，吮進嘴裏，美美的。美國紐約的人都喜這樣喝伏特加。

相信中國白酒也是可以這樣喝的。

我喜歡喝威士忌。人到了一定年紀就會很隨和，年輕時倒是每天都要喝酒；到北京就喝二鍋頭，到上海就喝花雕。

外國人以為中國人喜歡烈酒，白蘭地和威士忌同時想攻下這個市場，結果還是法國人狡猾，說白蘭地是葡萄造的，有益身心，而威士忌是麥造的，喝之不舉。這宣傳厲害了，沒有人再敢碰威士忌。

不同階段的威士忌愛好者，喝不同價格的酒。一味求貴、一味只知愈陳年的酒愈好，是一個笨蛋。亂七八糟的酒桶浸出來的，就算浸過一百年，也是難喝。

紅酒講內涵醇厚，而非身價

我推薦Chateau Pichon，因為這種酒是由不止一個品種的葡萄釀出來的，味道比一些單一品種葡萄釀的酒要好。有很多酒，喝起來說不出是甚麼味道，但價格還非常貴；Chateau Pichon和同等紅酒相比而言價格便宜了一半，味道卻很好。

我們飲單一麥芽威士忌，這種不混冰。有時因為名牌子太貴而少飲，反而喜歡飲雜牌，質素跟名牌子差不多，部份甚至有過之而無不及。我們都是飲蘇格蘭出品的，因為蘇格蘭的最正宗，其他地方始終較遜色。

我真的喜歡飲酒，由孖蒸到頂級紅酒都飲。但最近我少飲了，因為我清楚自己的酒量，身體不舒服便不再飲。現在我有所選擇，像天香樓的花雕，我是不可不飲的，相反，五萬元一瓶的紅酒，我只會試一口，便算了。我明白，我做甚麼也要盡情，五萬元的紅酒我未必可以說再來一枝便再來一枝，所以我寧可飲五百元一枝的。有些紅酒，太酸會傷胃，但有時在酬酢場合，人家請酒你不好拒絕，我會加梳打水，這也算是無選擇下的選擇。

酒是食物的調味料，每個人的味感各異

喝甚麼地方的酒，就吃甚麼地方的餐，這是比較完美的搭配，如喝日本酒，那麼配日本料理是最好不過的。而黃酒，任何中國菜都可以配。中國菜很好和酒作搭配，尤其是上海菜和廣東菜最適合搭配葡萄酒。還有，用餐時可以各搭一紅一白，讓每個人用自己的感覺來告訴自己，甚麼適合甚麼不適合。

喝酒時該配甚麼食物，其實是無特別規定的。

就像我們去 Pichon 這酒廠時，他們提供白色露筍來白灼，再配上紅酒，味道很夾很好；這是因為露筍味清，不會干擾了紅酒的味道。其實自己付錢買酒喝，喜歡怎麼喝就怎麼喝吧！

How many meters?

食的不同，反映國家的性情。中國人喜歡烈酒，韓國人是飲量，以飲量來表現他的豪氣。到南斯拉夫的酒吧，侍應會問你：「How many meters?（要多少米？）」如果你說one meter（一米），他就會用酒杯排、排、排到一米長，你逐杯飲。

愛茶還是愛酒？

品茶之餘，也愛酒。兩者不能作比較，就像給你選擇兩個女人，要一個聰明的女人還是一個健康的女人？我不想答這樣的假設性問題。

到我這年紀要再去喝第三國家的酒，會太浪費。我已沒有太多時間去試勻每個地方的酒釀，始終最傳統及最好技術的，還是法國酒。而且走遍世界各地，發覺法國的陽光、空氣及雲層是最好的，最適合釀製葡萄酒。

美食、美酒、美女，三者我都不會失敗，因為，我是一個正常的人。

如要選擇，我選美酒。美酒總是默默無言，不會說：「飲我，飲我。」

如世上只剩下茶及酒，我會選哪一樣？

我會選女人。

酒聲的餘韻更醉人

要把酒喝出聲來。喝紅酒不止講究色、香、味，還要有響。標準的葡萄酒杯，杯壁的不同部份厚度不一樣，自下而上，由厚而薄，杯口沿的厚度只有杯肚的二分之一。所以喝葡萄酒時，用杯沿碰杯，很容易碰破杯子。用杯肚呢？咣咣咣，一點問題都沒有。

飲酒可以有很多樂趣，可以有色、香、味，還有聲。因為優質的酒杯，相碰時會出現震盪，放在唇邊仍感覺到。越優質越震得強烈，不過杯頂較薄，所以頂對頂相碰，會容易碎裂，但在杯下的三分之一處則較厚身，用這相碰，「叮」的一聲，很長的餘音，亦是一種樂趣。

旅行是人生最大的樂趣

不要被藉口堵住門口

很嚮往古人周遊列國，不需要準備護照，又可免簽證之類的煩惱。

不斷的旅遊，令我感覺到天地無窮，永遠有新的驚喜，一生也發現不盡。當你足跡遍佈全世界，觀察不同的人生形態，你自然會反省，會對自己的生活作出評估。而在交往過程中，你會跟世上不同的人分享你的思想、對事物的看法，漸漸人與人之間的隔膜就愈來愈小。

旅行是人生最大的樂趣，但是情趣卻一天天地減少。

十幾歲那年，儲了些錢就跟幾個同學駕車由新加坡去檳城玩；稍為有點志氣的，都不會問父母要錢去旅行。

年輕的時候比較喜歡自己到處去流浪，很自由嘛，而且時常可以發掘到新事物。現在人老了，當然想要對自己好一點，所以會比較喜歡舒服一點的旅行團。

我曾去過 Ferragamo 的鞋子博物館，發現從前很多鞋子的款式，如果現在再造出來賣，一定好賣得！為甚麼沒有人這樣做呢？常談甚麼創新、創新，基本功就是歷史。

帶方便麵，在飛機上吃，好過所有的飛機餐。帶一些醬油、辣椒醬，可以加在酒店早餐的雞蛋上。帶兩種書，錄音書和睡前看的書。我在路上聽掉了一百多本原文小說，通常一上車就開始聽，包括《哈利．波特》這樣的暢銷小說、《福爾摩斯》之類的偵探小說、狄更斯的小說、十四行詩、名人傳記等等，常常是那些國外有名的演員甚至是傳主自己朗讀的。而在晚上睡前看的，就是一點娛樂性都沒有的書，像佛經、弘一法師的書、豐子愷的書……

我覺得貴酒店最大的缺點，在於認為自己是二流的五星酒店。壓低房租來爭取住客，又大量接受廉價旅行團，弄得失去傳統大酒店的格調。

LA GRAPPA
DI
BAROLO

跟着我全世界跑的「團友」

因為唯一一次參加旅行團的不愉快經歷，令我組織豪華團，要將旅行團的最大缺點取消，甚麼06 Morning Call、走馬看花、迫人買東西、像乞丐般討小費、去日本食中國餐等等我討厭的全部取消。

要用得有價值、懂得享受是最大的學問。我自問花錢的本事比賺錢強，所以豪華團就教你如何花錢花得有價值和懂享受。

我喜歡聊天，喜歡跟不同職業、年齡的人打交道。過去做電影監製，曾經帶着一百個明星到處跑，現在帶這些「團友」，根本不可能有問題。我們出遊，最少的時候四十個人，最多一百二十人，有一部份是不停跟着我全世界跑的老朋友，每次也都會有新的朋友加入。

日本、韓國、東南亞、法國、意大利、俄羅斯……都是好地方，值得去。去旅行是要講緣份的，緣份一到便會去，去過再去。相反，對某些地方意欲不強的，則不會考慮，除非有新發現，只有吃東西才能找到新發現。

我每到一個地方旅遊，都會盡量發掘其好處，忘記其壞處，若老是記着不開心的事，又怎能享受人生呢？歐洲人的民族性影響我很大，他們樂天、享樂及不拘小節……

我喜歡澳門的歐洲風情，你看地上的石仔路，香港可沒有。澳門也逐漸消失了，要好好享受這段美好時光。

澳門人心態悠閒，知道甚麼叫滿足，又懂得享受生活，放假來充電最好。如果在香港繼續住下去，人會變得很貪婪。

模仿嬉皮士的旅行方式，我當然也試過啦！去西班牙的 Ibiza、印度的

Goa 等，甚麼蠢事，被人搵笨的經歷都有，辛苦是辛苦，但每一個階段都值得去欣賞、去享受，我也慶幸有這些經歷令我成長。

旅遊讓我胸襟擴闊。多年前，我在西班牙拍電影，在小島上看到一個老頭釣魚，那個海清澈見底，我看到那些魚都很細小，於是跟他說為何不到另一邊釣，那邊的魚較大，怎知老頭回答我，他釣的只是早餐，我如當頭棒喝，感到羞愧。他們對生活知足的態度，對比出城市人的貪婪。又有一次我在印度的高山上，在當地拍戲幾個月，我叫煮飯的老太婆煮魚給我吃，她問我甚麼是「魚」，我畫了給她看，告訴她這是很美味的食物，未吃過很可惜，她卻說從未見過也未吃過，何來可惜？這是他們樂天知命的反映。

旅遊經驗讓我學會要尊重別人的生活方式，亦要以禮待人，很多事情都可解決；對事物要寬容，有很多人比你更不幸，不要太執着；要謙虛，不能自大，世上一定有人比你更強！

旅行是遇到與現在生活不同的東西——風景、美食、文化、人。像在西班牙，遇到甚麼事，那裏的人總是說「明天，明天」，他們一生都是這樣的，從來不着急，你就會回頭想我們，總是趕着做很多事，其實有沒有必要？

體驗別人的人生

在旅遊之中學識如何做人。每個地方的生活方式都不同，吸收好的地方，向人家好的方向行。例如墨西哥人很窮、很早死，但亦因此對死亡也抱着歡樂的看法。有時，去旅行，就是要學這些東西。

現在電視上有很多紀錄片，任何地方我們都很容易看到，所以看風景去拍幾張照片就回來，這個是最愚蠢的一件事，不如不去，看片就好。

旅行我認為最大的好處，是學習別人怎麼把一生給過掉。我們不旅行的話，只有唯一的一種方法去過，就是看我們父母朋友和周圍的人怎麼過。

去旅行，你就可以看到別的民族怎麼過，是否比我們艱苦，是否比我們快樂，尤其是去學習人家對一件事情的看法。

比如我到墨西哥去拍電影，看到當地有賣煙花，我就馬上準備去買來放。

但是那邊的同事就跟我講，蔡先生這個不能放，這裏死人才放煙花。原來墨西哥當時疾病很多，生活貧苦，死亡對他們來說是常常發生的事情，一年有個死亡節，用糖做很多骷髏頭，小孩子們就拿來吃，放煙花，把死亡變成非常有趣的事情，他們不怕。

最鍾愛韓國、泰國、法國、西班牙和馬來西亞。瑞士風景美麗，但是這個國家很悶。法國人熱愛生命，就不會悶。

最喜歡日本人做事態度，他們凡事追求做得更好，非常之認真，一認真，就能往完美的方向去走，是條大道，實在值得學習。

懂得宗教文化，啟動旅遊心眼

多年前做邵氏倉務時，跟做佈景的老師學過雕佛像的基本功夫，自此去每一處地方，先喜歡參觀當地佛像。

柬埔寨人信印度教，而緬甸人信佛教，他們相信輪迴，認為這一生做些好事下輩子會過得更好一些。那麼做甚麼好事呢？也不需要太多，有甚麼吃的就布施給寺廟。早上化緣的和尚把食物集中到一起，除了自己分享外，窮人也可以到廟裏吃東西。這就是街上看不到乞丐討飯的原因。緬甸和柬埔寨兩個國家都一樣受過戰火燃燒與宗教清洗，經過同樣的悲劇，這邊的臉上笑嘻嘻，臉孔和祥，那邊的表情比較驚恐和凶悍，這就是宗教和文化的不同，而宗族的本性也不同。如果用心觀察的話，這樣的旅行就比較好玩。

安詳的地方，總是悶。

去菜市場可以知道菜價，也可以了解當地文化背景、當地人的生活狀況，去到餐廳吃飯，就知道有沒有吃貴了。

要我迷戀上海，並不容易。除非找到一個再生張愛玲當情婦。

其實任何文化認識之後都會喜歡，不過特別一提，日本文化最優秀之處在於崇尚清潔。

旅遊時記下比較的人

每一個相同的故事，在不同的地點和時刻，都有相異的版本。

旅遊記者有兩種，一種是流水作業式；另一種就是扮高深，寫甚麼後現代主義，淺薄無聊的流行文化就當寶，反而對真正的文化歷史就無真正認識。我兩種都討厭。

去旅遊，一定會留低一點東西。有人選擇攝影、有人選擇畫畫，或者購物；而旅遊記者就要用文字將每個地方的特色寫出來讓讀者有個形象。將自己的思想、感受加入文中，才叫做稱職的旅遊記者；最普通的一種，也要學懂比較，將自己與其他地方的人作比較，再欣賞自己已擁有的一切。最高境界就要訓練自己的眼光，知道甚麼是好、甚麼不好。

我看到一般旅行團都只會帶人看風景購物，好像沒有人重視每餐吃甚麼住甚麼，但明明這才是重要的享受，為何沒有旅行團組織？於是我便去做，而且賺到錢，證明我的想法沒錯。

最喜歡最難忘

購物感覺永遠那麼好，我得承認我是個天生購物狂，而且我從不認同這是女性的專利。

我家中的旅行紀念品，一箱一箱放在那裏，搬了好幾次屋還未打開，下一次搬屋再不打開，我便會把它們全丟掉，或者作網上拍賣。從前甚麼也買一番，現在我只買有用的，而且次等的貨色，我不會拿上手。

旅行時，會買一、兩件代表這個旅程的物件，只要看到它便會聯想起當天做過的事情。

想在異地結識女朋友，不妨去世界各地的Casablanca、Rick's等Cafe，因為很多喜歡電影的人都會在那些地方聚腳，人較浪漫，又多懂英文，比較容易交朋友。

最難忘的是有女朋友的國家，細節留着自己享受，不公告天下！

藥，一定要帶，但未必最有效。對付嚴重的肚屙，葡萄糖水就最好，因它可以增強你的體力，不會令你屙至脱水，是最自然的方法；其次，就是食炭。是炭精，這是一種藥，不是用來燒烤那種！它可以吸收體內不乾淨的東西，食西藥反而會更堆積毒素。

去了日本那麼多地方，最喜歡是福井。大自然、歷史、人文，映照成人民的幸福，福井名副其實，是日本人中最幸福的；教育水平也一直是日本首位，全省住民都彬彬有禮，到了當地就能感受得到。

世界走得七七八八，最喜歡的是甚麼地方？再多一個地方選擇定居？來世想住的地方？

香港。香港。香港。

感情是不能自制

花開時

初戀都忘了……很久了……在新加坡……

以前認為是要生要死的事情，現在看起來很淡的事情，沒有甚麼。很久了，我們南洋小孩很早熟。十二三歲。

初戀的對象是同學，有沒有對她一見鍾情？那個時候不會處理這種感情，認為這個就是了，就是了。

我有多少個女朋友？算我十二三歲開始，一年一個，差不多七十個。

年輕時窮，拍拖只在樹下吃蝦片，你一片我一片，最後用唇互相擦嘴，亦為樂事也。

只要和他一起是感到被愛，其他的已經不重要了。

緣份這件事是存在的，時間、地點也需配合得好，一個人才會愛上另一個人。

戀愛就像被電擊中頭部，暈了，不知道自己做甚麼，對方說結婚，就同意；甚麼都盲從，這是真正戀愛。

每一段情對我來說都是刻骨銘心的、獨一無二的。當我熱戀的時候，我會忘記所有的事情，連我自己也不存在。每次愛，我也愛得轟轟烈烈。

要是有人罵暗戀別人的人傻，那麼這個人一定很可憐，他沒有傻過，也沒有年輕過。

年輕人多為感情事煩惱，愛一個，又愛另一個，希望兩者兼得。我勸他們處理人生要簡單點，就像解答基本數學題那樣直接簡單。

花落時

戀愛總是快樂。在快樂時對方提出分手，是命運的安排。少男少女，不是你提出就是他提出，遊戲才好玩。

唸書唸到忘我狀態，是打敗失戀經驗的最佳方法。

男女間的感情，不可理喻，一段關係疲倦了，也不難理解。

和初戀的對方分手，大哭一場，是一個經驗，是一種享受。老的不去，新的不來，哪說得上創傷呢？應該說幸運才對。

年輕男女，不是他變心，就是你變心，這是很普通的事。

經歷多了，就不會為一個女人而煩惱。

要瀟灑的話，只有絕對的接受或絕對的放棄。

愛是一種病毒

得不到的，最不甘心。不甘心，卻是你自己傷害自己。

愛是一種病毒，但卻是一種感受好得不得了的病毒。

別老是掛着一定要戀愛，勉強找一個，痛苦起來，比孤獨的老太定會痛苦一百倍、一千倍、一萬倍。

任何情人的妹妹，都吃醋；他媽媽，也吃醋。自己親人被別的女子搶了，總是酸溜溜的。

愛情的過程之中，互相欺騙，也是難免，結果只有傷害到對方，或者在互相殘殺之餘兩者產生更深的情感，總之沒有開始就不會有結局。

一和男人／女人交往便死都要嫁他／娶她的話，那麼你沒資格談戀愛。

愛與煩惱，一開始時多是腦中的幻想。先把幻想變成事實，是第一步。

要忍就得痛苦，不要痛苦便不必去忍。

癡癡地等，也等於癡癡地幻想和癡癡地痛苦，是天下最壞的事。

建立在金錢買賣基礎上的愛情，是絕對不牢固的。

戀愛中的男女以為愛情的力量可以改變一切，這種想法太過幼稚，成功的機會幾乎是零。

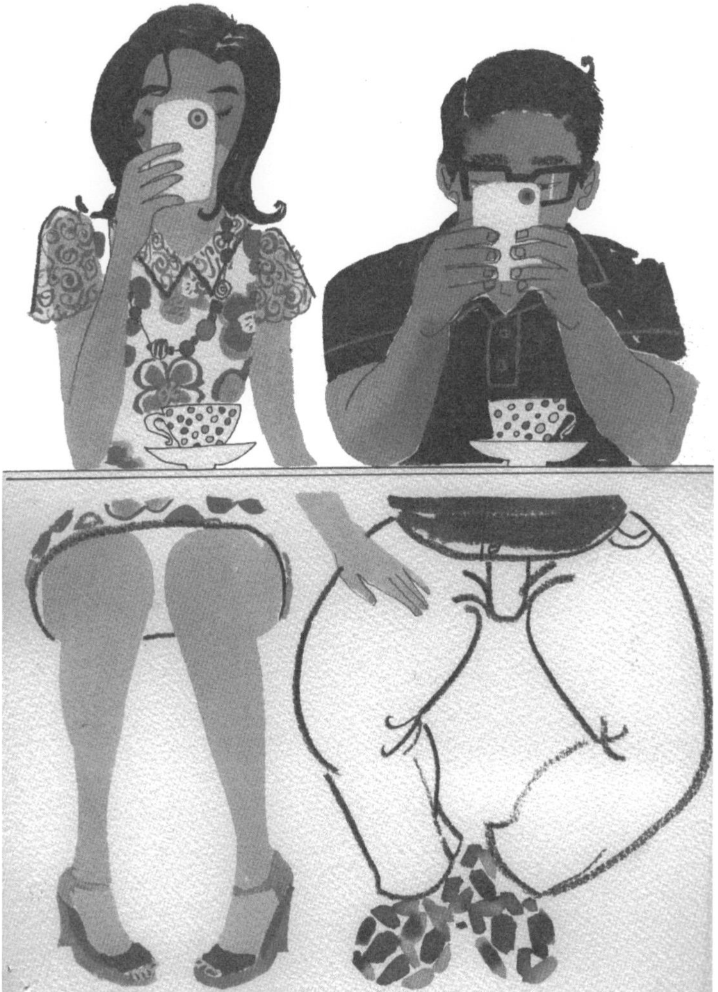

應該說，愛一個人的痛苦可忍受，但暗戀一個人，永遠不去表明，那才是痛苦中的痛苦，而且痛苦得一點價值也沒有。

迷戀一個人、崇拜一個人，都是心理不成熟的表現，這與年紀和經驗有關。

要忘記一個人，是最容易的事，身邊的阿貓阿狗，隨便愛一個，便可以忘記他。忘不了，是因為你不想忘。

報復是最蠢的玩意

愛情又不是買賣，哪裏有先到先得這一回事來；就算是交易，改合同的例子，多得是。

不怪他、不恨他的方法最對。當對方是透明的，沒有一種復仇比這還要厲害。

報復是最蠢的玩意。要報仇，一定先有計劃；一計劃，痛苦的事又重現。計劃得愈周詳，痛苦得愈深，何必呢？

賦新詞強說愁，那是年輕人的愚蠢，我們哪會有那麼多空閒去記愁？記點開心的吧。

愛得深的話，就算他有戀人，也可以貢獻一切，犧牲青春，犧牲自尊，只求分享他一點點的時間，已經足夠。

愛，是奉獻的；愛，一切都能做到。

愛是甚麼？愛是無條件的奉獻，如果是真感情的話，即使他花心就讓他花心好了。

愛一個人，沒有甚麼上風下風的，愛永遠是獻上，愛永遠是輸的，沒有贏家，如果你愛得深的話。

愛情是孽也是債

愛一個人可說是很痛苦，但是愛被接受了，是天下最大的喜悅。

大道理是：愛人，總比被愛痛苦。

愛情是飄忽的，絕對會消失，容易消失。愛情被戲劇、詩歌歌頌得太偉大，思春期一過，冷靜下來，就發覺愛情很短暫。

愛情是孽也是債，得不到的是最好的。

愛情和性一樣，第一天產生了，很舒服。第二天、第三天、第一百天、第一千天呢？所有優點都變成了缺點。

愛情和煩惱是孿生的

凡是煩惱事，一定發生在魚與熊掌之間。如果要消除煩惱，那麼只有選擇其一。

愛情和煩惱是孿生的，相對又相關而來，自己經過，才能領悟。

跟女人維繫關係最重要的，要是美好的，不變酸。有的人突然嫉妒心很重，變酸了就不好了。

愛，是抓破臉的。愛，是顧不住自尊心的。愛，是沒有羞恥的。愛，是扔出性命的。

愛一個人的話，哪有甚麼面子不面子的？

愛就是前途，愛就是將來，愛就是幸福。你感覺不到，因為你愛得不夠深。

愛一個人就勇敢去愛吧，別想得太多，愛人的感覺不等如對方愛你。可以不管對方，好好享受自己的感覺。

沒有一條法律強迫你一定要結婚。結了婚也不一定是件好事，目前在西方不結婚男女多的是，大家都照樣活下去，不會死人。人家結了婚，自己沒結婚，又如何？人生總有些憾事，當成其中一件好了，重要的是活得開心。活得開心，與結不結婚沒有關係。

最笨蛋的悲劇

愛上一個不認識的人，怎麼會是錯？

許多愛情都由不認識開始。愛上了不講，才是錯。

雙方在怕、怕、怕之下，不能擁抱，終身飲恨，是最笨蛋的悲劇。

《梁祝》的悲劇出於梁山伯太蠢，如果先把祝英台弄大了肚子，她的父母只好雙手相送。

假使你覺得這一生一世只有這個人，那麼你不是太過沒有信心，就是太醜。只有這種人才擔心找不到新伴侶。

愛是維他命，多吃了，就會堅強

失敗的次數愈來愈多，便麻木了，就知道怎麼去克服它，這是人生學得聰明的過程。

愛情不是人生的一切，但是它可以滋潤人生，像吃維他命丸一樣，不吃不會死人，吃了可以強壯一點。

年輕人談戀愛，哪有錯的？初次享受人生中的喜悅，無論結果如何，總是對的。

我們總是為別人擔憂，但是我們不了解，人不是那麼脆弱的，不會因一次戀愛而打垮，而這是人生必經的路程，像生老病死一樣，就讓他們嘗試吧！

沒有失敗的初戀，怎能得到其他更多更偉大的戀愛呢？

愛的力量，一次比一次減少，直到你已不能再有這種感情。這時候，你不會痛苦，但也不會再有真愛了。

一次的失敗，並不代表今後一定會失敗。只要你肯堅持，一定有人會被你征服的。

受害者，始終好過害別人，能夠勇敢地一次又一次下注碼，就開始知道甚麼叫愛情了。

別讓一次的失敗影響你一生，繼續努力吧！戀愛是愈愛愈勇的。

好男人壞男人

要是一個男人在性方面滿足不了女人，那麼讓她們多幾個丈夫，也樂得安靜。

多幾個老婆，是福氣。

男人要偷情，有一千零一個辦法，太太要與他們鬥，只讓他們愈鬥愈精，愈鬥愈狂。

小節可以忍受，但是到了重大的決定，男人應該站起來，向他老婆說：他媽的，閉嘴！

做愛之前甚麼都好，做完後甚麼都覺得煩，這是男人的天性。

女人對乳罩的追求不惜工本，和男人追求生髮水，是一樣的。

女人有好有壞，男人也一樣，而且壞的例子居多。

猶太人的子孫在沙漠浪蕩了四十年，可想而知，甚至在《聖經》的舊時代，男人已經沒有甚麼方向感。

男人一搽香水，便留給人一種娘娘腔的感覺，所以他們永遠不會承認。

男人叫女人當妹妹，不一定真的想要一個妹妹。

男子追女子，哪有一個不騙人的？

男人膽小，女子比男的更有勇氣，而且女追男不必隔重山。

男人在一塊談女人，相反了也一樣。

男人喜歡女人，為了佔有，為了慾望，都是正常的。

和情投意合的美麗女伴同遊，甚麼鬼地方，都是天堂。

只管說而不去做，就像美女一個個在你眼前走過，要踢自己屁股也太遲了。

年輕的男子，尤其是那些條件比較好的，會有一份莫名其妙的驕傲，把自己打扮得非常的冷酷。

一個在女人面前說另一個女人壞話的男人，好不到哪裏去。

一個哭着求女人留下的男人，已不是甚麼堂堂的漢子。

跟別人一和好就不要你，吵架後卻找你談情說愛，這種男人，要不得。

好男人，多數是醜的。

英俊的男人，多數很壞。

又英俊又好的男人，多數搞同性戀。

又英俊，又好，又很正常的男人，多數已經有老婆。

不英俊，但是好的，沒有錢。

不英俊，但是好的，又有錢的男人，多數以為你愛他們，是為了他們的錢。

英俊的男人，沒有錢，要和你交朋友，是為了你們的錢。

不拘小節，得過且過，也是男人的天性。

大男人主義的人，是先要愛護妻女，得到對方的尊敬，才有大男人可做。

男人做起事來，很美。

男人那根東西，自有性醒覺之後，就支配着他的原動力。

男人抽起雪茄，是天下最好看的。

男人在思考的時候、在做決定的時候、在創作的時候、在發命令的時候，都有男人味。

男人在工作時最能發揮男性的魅力，到時女子便像蒼蠅一樣飛過來。

女人講的話，男人一定要聽；但是，不一定要做。

沒趣的男人，很快衰老；一個長不大的孩子，才是好男人。

男人要有一顆童心，才不會老。

要找男人，隨便找一個好了，別分年輕的或老的，他們都是一樣，他們不會成熟。

所有男人都是一樣，只是臉不同，方便你認出他是張三李四罷了。

不必把男人當傻瓜，他們本身已經是一個傻瓜。

瀟灑才能風流

大家都說我是風流才子，我不這麼想。我倒是覺得，真正的才子一定有很多女孩子喜歡。我理解的風流，並不是多情，而是指瀟灑並且強勢。

如果不想被感情傷害，那最好是讓別人為你苦惱，自己瀟灑一點，忘記從前的痛苦，盡量追求快樂。

按我們潮州老輩人的說法，才子至少要具備這些條件：琴棋書畫拳，詩詞歌賦文，山醫命卜訟，嫖賭酒茶煙。按這個標準，才子與我無緣。

作為一個男人，想多愛幾個女人，不是錯的。

因為不是太有錢，所以不能公開地發生男女關係；但只要尚有性能力的一天，當然希望有多幾個啊！

天下美女這麼多，還那麼貪心地去搞男的幹甚麼？

太貪心了吧，男人也要女人也要，我是比較專一的。

嗯，專一喜歡女人？

呵呵，一個名詞。

印象最深刻的女朋友？不行，太多了，以後等我慢慢寫回憶錄的時候才談。

時間用在做學問，或是用在追求更多的異性上，這麼做，人生比較積極。

好女人壞女人

管是女人的天性，既然知道她們一定要管，就不如多弄幾個來管，被管慣了，麻木了，就等於沒人來管囉。

不管當女人是妹妹也好，姐姐也好，媽媽也好，女人一天不拒絕他，就是一天給他機會。

女人，一定要清潔整齊。女人，要愈看愈靚。

當你的男朋友離家出走時，你能做些甚麼？把大門關上，永遠別讓他來。

對付無聊的男人，不瞅不睬，最為上策。

你說他沒有對你有進一步的要求，這已說明你心中在期待他有進一步的要求。

女人也是人，性的慾望你我都有。

一個帶着身材好的女人上街，以為已經很威風的男人，也好不到哪裏去。

千萬別幻想你可以改換男性的個性，你能更換的，只是他在做嬰兒時的尿布。

天下女人都一樣，不愛作決定。

最絕情的動物是雌性，一走，絕對不會回頭看你一眼。

變心的女人是一種很可怕的動物，絕不會回頭。

當女人要徵求你的意見，絕對要堅持主見，她們就會乖乖地聽了。

如果你覺得女人會理解男人，你就不理解女人了。

成為老處女，有一千零一個理由，多數是要求太高，周圍的男人沒一個像樣，一年又一年過去，等到可以降低水準時，忽然，有一天，被人家叫為老處女。

女演員與歡場女人隆胸，為當生財之道，無可厚非。如果只是愛美，那大可不必。父母養育之軀，豈可白白糟蹋。

女人比男人容易老，不管她們花那麼多精神和金錢去買化妝品和修身，老

還是老。

許多美麗的女性都嫁給一個醜丈夫，因為他們有安全感。

自古以來，高貴的女人愛上流氓，例子很多。女人似乎對這種人物有某程度上的迷戀，非常吸引她們。

女人包得密實較有神秘感，有幸一見，真是令人神魂顛倒。

跟女人是不必爭辯的，因為你一定輸。愈早投降愈聰明。

永遠的糾纏不清，那是女人的天性。

女強人有她們的使命感，不可去碰，還是一個傻兮兮的木頭美人較有趣。

女人真不耐老，女人只能用智慧來搭救，又聰明又調皮的女人，才不會老。

女人，年輕時放棄愛情很可悲，年老時放棄金錢最可悲。

女人心理是難於理解的，你要是以為她們和你是同類動物，那大錯特錯。她們屬於外星人科，並非人類能用思想、哲學，甚至宗教來分析的。

我認為減肥的女人很恐怖，我不大喜歡。都是有些自戀狂的女人，整天隔着玻璃，在裏面跑來跑去給人家看，這種女人沒有腦筋啊，不能跟她們交朋友。

要騙女人的錢實在太容易，只要生產一種新貨，宣傳說有效，她們必然爭着來買。

我討厭沒有教養的女人，連一個請字都不肯用的女人。我更憎惡整天造謠，無所事事的女人。

醜女人，並不一定是討厭的；但是討厭的女人，絕大多數醜。

女人，還是高大的好。她們較蠢，但沒有甚麼機心。

女人為了想出嫁，甚麼事都肯做。

女人基本上都有統治的才能，最大的本領是二十四小時的喋喋不休。疲勞轟炸之下，男人始終要投降。

美女有特權，包括負面的美女。但是，目的達到之後就要像逃避瘟神一樣躲開，貪戀再來一次的話，即刻上身，負責後果。

美女不一定要長得漂亮，性格可愛就漂亮。愛笑、愛吃的更漂亮，凡事嘻嘻哈哈不計較，怎有心思想壞主意？相反，有些女子如花似玉，但性格刁蠻，聰明但懶惰，說話又沒禮貌，這些就是八婆。

太年輕的女人最好不要碰，沒甚麼味道。味道在於她們經驗過人生，學習的事情多了，社會上打滾了一些日子啊，味道就慢慢出來了。

和女人的美好關係就像和男人交往一樣，君子之交淡如水，彼此關懷，能互相幫忙。一通電話，就能義不容辭地幫忙。

雌性人類生物的胸部，長得着實美麗。本來，哺乳用途，繁殖後代，為神聖工具，不應褻瀆，但自從發明了奶粉，已失它的本能，只可當為摩挲和觀賞。

我認為女人是為自己化妝的。大多數女人都把自己的臉當成一塊油布，畫了又畫，塗了又塗，一層層地加上去。

最具吸引力的女人，是談吐有趣的女人。

忠貞也並不是壞事，但是多變化會令一個女人比較有趣吧。

女人甚麼酒都應該喝。當然喝香檳也可以啊。

愛喝酒的女人總是好女人嘛。愛喝酒的女人和愛抽煙的女人都一樣，第一她們不會認為這是女人不應該做的事情，這已經是和傳統的女人有比較不一樣的觀念，女人一跟人家不同就比較有趣，男人最喜歡和有趣的女人在一起。

女人喝到甚麼程度比較好？

千萬不能喝到酩酊大醉，大醉之後抱起來也很重的。

遇到了八婆怎麼辦？

一笑置之好了，你跟她認真，你不就成了八公了嗎？哪有這麼笨的人？

有些女人，心靈一空虛，就會跟一個三流的傳教士，大談聖經或佛經中的故事，變成了神棍，是很恐怖的，這些話題千篇一律，只能騙騙野蠻國家的小孩。

香港女人勝在會打扮，衣着的品味也甚高，就算不是名牌，顏色配搭得極佳，不相信你去中環走一圈，即刻和其他地方女人分出高低。

外表還在其次，最重要的是在自信，香港女人出來工作的比率較任何地方高出許多。女人賺到了錢，不靠男人養，自信心就湧了出來。

有了自信，香港女人相對上很少去整容，大街上也看不到鋪天蓋地的整容廣告，沒有韓國那麼厲害。

香港女人絕對不會高喊男女平等的口號，像美國人那樣，香港社會本身就不會重男輕女，你看所有高職都有女人擔當就知道。

但是在有自信了就看男人不起，這也是毛病，諸多挑剔之下就嫁不出去，不過單身就單身，當今是甚麼時代了，還說女人非嫁不可？

嫁不出去也可說是緣份未到，遲婚一點又如何，我有許多朋友的老婆都比他們大，但只要合得來就是，這是他們兩個人的事，誰會嫌法國總統的太太老了？

為結婚而結婚才是悲劇，已經二十一世紀了，還糾纏在這個不合理的制度幹甚麼？單身又快樂的女人才是真正有自信的女人，女人賺到了錢，就可以像從前的男人娶小老婆，小鮮肉需要她們去教養。

柔情是女人最大的武裝，許多娶醜老婆的朋友，都是他們在最脆弱的時候，當真正需要一個伴侶，就不會去管別人說些甚麼。

外表再好看，也比不上氣質，氣質從哪裏來？氣質從讀書來。古人說一日不讀書，則語言無味；三日不讀書，面目可憎，是有道理的。

能多讀書，任何話題都搭得上嘴，書本不但讓人知識豐富；書本還讓人懂得甚麼叫謙卑，有了謙卑，人自然好看起來。

所謂的讀書，不一定是四書五經。讀書只代表了一種專注，一心一意地把一件事情做好，經過長時間的刻苦訓練，也同樣認識謙卑；賣豆腐也好，做菜也好，把廚藝弄得千變萬化，也可以讓人覺得可愛。

女人不斷地學習，不斷地找事情做，就不會顯得老。皺紋並不是一種要遮掩的醜事，人只要老得優雅，人只要老得乾乾淨淨，就好看耐看的。

女人可愛之處

有些人一點都不漂亮，但是很性感。我常常有跟一些電視台的所謂藝人合作，長得難看得要死。

女人可愛之處是她們的腰是比較細。屁股比較大。她們的笑容是男人裏面看不到的溫柔。凡是男人生理上沒有的東西，都很可愛。我相信女人看男人也是一樣的道理。

和日本女人比起來，我覺得韓國女人較漂亮，始終日本女人的身材不夠好，韓國女人的腿長腰瘦，很有美感。

女人有沒有腦筋，一看就知道。那時候我們選女演員，一聘請就是幾千人，

有些人非常漂亮但眼睛永遠沒有焦點，當不了好演員。聰明的女人眼睛會動，講話的時候眼睛會有反應，一動起來很靈活，眼睛有焦點的算是有腦筋的。

年輕時對愛情的憧憬，都來自神話、童話、戲劇、小說，那時候慾望很強，追求的是轟烈而短暫的愛情。我也慶幸在人生際遇上，碰過不少「特殊對手」。現在我也渴望愛情，但已不再強求，順其自然吧。我心目中的理想伴侶，始終如一——在思想上可以刺激我，啟發我的人，換言之，就是有智慧的人。

我喜歡哪一個古代的美女？

紅拂女，有俠氣，又漂亮。

有幽默感女人，不是會說笑話的女人，是聽了男人講話時，笑得出的女人。

把女人搞上床

古人都有說，真正的感情，是不在乎擁有，而是互相關心、互相欣賞和享受兩者間的交流。把女人搞上床就叫得到，這是古今中外最低招的。

用灌酒這招來泡妞最低招，我不會用，醉了嘔得一身都是多難纏，抱起她也很笨重。

愚蠢的男人，才以為在床上和一個女人睡了，便算是征服。

我覺得年紀大的男人泡妞的最高招是因為他們懂女人了。現在我基本上能明白女人心裏到底在想些甚麼，當年我就不懂。現在，看着女人的一個眼神或者一個動作，我就能知道她們想幹甚麼。

異地情緣

西方人對性和愛的觀念始終較我們開放。人長久以來受道德和禮教束縛，將性變成很見不得光，其實人與人之間若有了性接觸，彼此的信任感也會增強，大家也會變得更坦白，這在人與人之間的相處中很重要。同性戀者很早前已明白這點，他們之間是很直接的，一握手便會用手指搔你的手心，就是向你示意做愛。我希望有一天人們都能像同性戀者般直接。

我比較喜歡和欣賞拉丁民族，她們比較豪爽、直接，男女都一樣，比較豁達。

異地情緣是認識一個地方的好方法，有了親密關係，甚麼都可以講，會對那個地方有更深入了解，寫作上有更多題材。

發生性行為後，大家比較坦率，不會太過遮掩，聊天中間不必太多欺騙，太多浪費時間，比較真。西班牙女人是最直接的，她們第一次跟你見面，左親一個，右親一個。如果是晚上想和你上床的，就會吻得濕濕的。

男人生在峇厘島最好，那裏的女人養活男人，男人只做藝術家。

泰國女人也很友善，你問甚麼，她們都回答，在佛教國家傳統就是這樣，不回答是不禮貌的。

男女平等？

女人的通病就是等待人家來追求她們。既然要男女平等，為甚麼不主動呢？

這個年代，女人做主動並不是一件羞恥的事。主動之下，得不到應得的效果，就死了這條心，反正對自己有個交代。

真正的男女平等，是雙方都有權採取主動；不是男人主動，或女人被動的問題。

這個年代，再也不一定是男人採取主動的。

既然男人可以玩，女人為甚麼不可以？有錢的話，你有多少個老婆老公，也沒有人會說你不是，這是香港的道德標準。

台灣有一句話：「老公出去就像丟了，回家來就等於是撿回來了。」

在原始世界裏，如果一個男人出去打獵，一下子就捕獵了幾隻動物回來，有豐富的食物，可以照顧很多人，那他是優良品種，就應該多播種，他可以包二奶。

大男人是應該有豁達的胸襟，應該去照顧比他弱小的人；又如果老婆有本事，能力比男人高，可以賺錢養家，可以坦然接受的才是大男人。如果女性看到好男人就應該馬上「上」啊！哈！

男人都不能忘記初戀情人，就像女人不能忘記一樣，大家都是平等的。

普通的女人，不欣賞智慧。

愈成功的女人，愈有禮貌。

女人的毛病是從一個可愛的少女，一秒一分，一刻一時，一天一年地，變成一個殺夢的人。

當你的男人上司向你說：「你看來一點也不太忙嘛。」

你儘管回答：「那是因為我每辦一件事，一辦就辦妥了。」

如果男人問你：「你的電話幾號？」

你儘管回答：「要是我告訴你，我就要換新號碼了。」

如果男人問你：「你住在哪？」

你儘管回答：「要是我告訴你，我非搬家不可！」

如果男人問你：「你想念我嗎？」
你儘管回答：「你不消失，我怎會想念你？」
如果男人要求：「把我的早餐拿到床來吃。」
你儘管回答：「那你去廚房睡覺好了。」
如果男人問你關於書本的事：「你最喜歡看的是哪一部（簿）？」
你儘管回答：「支票簿。」
如果要叫男人做一件事，最好的辦法是向他說：「這件事你做不動，你太老了。」

靈慾合一的經驗

從前會帶名伎出遊，是因為那時代的老婆沒有知識。精神伴侶很重要，老婆要跟我們一樣，不停進步。我們這一輩的人，沒有時間去懶惰。如不與時並進，就無共同話題。

我真正有過靈慾合一的經驗，幸運是我遇上過不少聰明的女子。

男人吸引女人的，不在床上，是他們創作的力量，是他們指揮時的神態，是他們做決定時的威嚴。

別以為滿足一時之慾是壞事，其實是種生理和心理的良藥，絕對可以延長壽命。就算不是，死也死得快樂呀。

感情是不能自制的事

我個人接受one night stand，彼此你情我願的話，就當做一場運動，也是健康的事。當然，首要是注意安全，潔身自守。還有，精神上不可有負擔，否則做完了又要自責，那麼不快樂，做來幹甚麼？做得快樂，管你說我鹹濕，我沒所謂。

男人的性慾只是一剎那，衝出的一剎，情慾是控制不到的。

別的事可以自制，感情卻是不能自制的事。

我的夢裏是說甚麼語言？枕邊人不懂的語言。

性行為只是更親熱的握手，大驚小怪幹甚麼？

人與人的距離，有甚麼近過擁抱？

把頭埋在剛強男人的懷裏，讓男人輕撫你的長髮吧！學做一個女人，是一個好的開始。

吻女人需要又狠又準，像專業的獵人那麼一擊即中，這完全靠經驗和直覺，是教不會的。

自古以來，女人想盡辦法推銷自己，目的只有一個：都在引誘有條件的男人和她們上床。

一個美麗的女人，並不是一個可以對寂寞免疫的女人，多漂亮的女子，在

最寂寞時被醜男一攻，勢如破竹，橫臥倒下。

始終不變的想法是，傳宗接代是一件神聖的事，而且性本身就是生活。奇怪是為甚麼人們都避忌，彷彿不是甚麼好事似的。我一直認為性應該開放，生理需要本來就是一件自然的事，不必受道德約束。

優秀的男人，自靈長類動物開始，便揹上了傳宗接代的自然生態任務，天生地濫交。

沒有性慾的就不可能是愛情。

自己覺得賤就賤，不賤就不賤。

性這回事

性這回事，不在兩腿之間，而是在兩耳之間，腦筋有了刺激，才有作用。

男女之間，要是互相吸引，共同擁有肉體上的享受，沒有甚麼不對。

只要互相有點好感，性行為是正常和健康的，和打網球摔跤沒有兩樣。

相同的伴侶，數十年單調的性生活，一招一式，對方已一清二楚，還有甚麼興奮可言？

性這回事，發生也不過是那半個小時之間的事情，做完了總要聊聊天吧。有點溝通吧，那種樂趣大概才是男女之間的樂趣吧。不會欣賞的話，男女之間就少了很多的東西。

妓女有種種風情，有種種技巧，不是良家婦女會有的。這是一門很深奧的學問，缺了它，人生的經驗與知識亦有缺憾。

召妓之後多數會後悔，事後立刻沖涼。有人說，召妓是拿錢來換的發洩，僅僅好過手淫。

古代讀書人除名妓之外，還有四個老婆，和平共處，我們現代讀書人的健康不如他們，也是這個原因。

婚姻是絕對野蠻

以前經常聽父親説，在阿爺的年代，街上碰見老朋友，不是問人吃了飯沒有，是問娶了多少個老婆。只娶得一個？那你不是成功人士了。

婚姻是絕對野蠻，只適宜精子不太好的人類，他們沒有能力散播優秀的種。

一夫一妻的可笑制度，是連一個女人都滿足不了的男人定下來的。

死了幾千幾百年的人創造出來的觀念，還糾纏着你要遵守，是否值得？決定在你自己手上。

很討厭的糾纏

教育和婚姻制度一樣，都很野蠻！

這個世界愈來愈不濟，生活質素低，教育也糟糕，根本沒令我去播種的興趣。我曾經吃過一條有鮮味的魚，呼吸過那口真正清新的空氣，你們這一代和下一代也已經沒有機會再品嚐。或者你可以說我自私，我也不想把自己學習的時間，花費在下一代身上，我覺得不值得。

沒有子女，我一點也不後悔，當朋友子女是自己的子女，看朋友為照顧子女，分身不暇，又要儲錢留給下一代，很可怕又可憐。我的哥哥、姐姐和弟弟，都各有兩名子女，我說不用生了，媽媽也贊成，別人說無人送終，其實死了又怎會知道。

每一段感情都要有結婚生子的目的，那是很討厭的糾纏。

人性的通病

年輕的男人，對着自己的女子，總不會珍惜，覺得呼之則來，揮之則去是最方便、最好的，這是人性的通病。

真正愛一個人，可以愛一生一世，親眼看這個你愛的人和別人結婚、生子、離婚，或喪偶，再繼續追求。

多年的感情，敵不過數天的愛是正常的。有時，一個晚上的溫柔，也可以打倒數十年的婚姻。

每一對夫婦都有一個黑暗的秘密，最好將事實永遠地埋葬起來。

現代愛情與友情的分別是：你會為了愛情去死，你不會為一個朋友去死。

愛一個人，愛得深的話，哪裏會怕受傷害呢？就算為他犧牲生命，也是值得。

做人的三大守則

父親教我三大做人守則：尊重別人、守時、守承諾。一個男人假如懂得尊重人、約會不遲到、說過的話又守承諾，應該不會差到哪裏去。

要遵守諾言，首先記住不要隨便應承別人。尤其是感情上，你沒承諾跟她一生一世，人家便不會怪你。

我從來不反對離婚，我反對的，只是違反了當初在婚禮上照顧對方的諾言。

男人的唯一一段婚姻，已非指腹為婚，是經戀愛而成；要是為了婚外情而背叛髮妻，總說不過去。

戀愛比結婚好

把陰影拿出來坦白地討論之後，再消除之，不是人人能夠做到，是件天下最難的事。

戀愛比結婚好。沒結婚之前，原諒對方的缺點，結了婚，就開始不客氣指責，不是一件好玩的事。

我有甚麼好東西都會寫出來跟人分享，但老婆不用跟人分享。

跟太太和平相處的精髓是相敬如賓，國語相敬如兵，打仗的兵，吵吵鬧鬧又能和好如初。她是一個電影公司老闆，所以，我們有緣相識，她知道拍電影是怎樣一回事，男人出去工作是怎樣一回事；她媽媽是日本人，爸爸是台灣人，媽媽都有灌輸她一些古老思想。我們關係處理得好好。

夫妻關係很好嘛。大家互相照顧。伴嘛，到了某個年齡，男女關係就是伴侶的關係。我們一起吃飯，早上去散步，買菜啊。

夫妻相處，除了忍耐之外，基本上沒有其他。她辛苦？我也辛苦！兩個人相處幾十年，怎不辛苦？

電影是最好的教育

電影是最好的教育

一部電影成功與否，完全靠導演和編劇的說故事能力。

從文字化為畫面，是導演的基本功。

當今導演，說故事的本領，一般都不高。

角色的成功是編劇的功力。

天下最難的事，莫過於小說改編電影。

電視台每當題材用盡了就想到拍金庸的作品。

把小說改編成電影或電視，是天下最難的事，而且可以說是接近不可能，因為這根本是不同的媒體。

有許多電影的確把原著糟蹋了，那是因為編劇、導演和監製不是高手。

如果一部短短兩個多小時的電影，就可以改變一個年輕人的思想和觀念的話，那麼一天在學校七個多小時學習的教育制度就徹底失敗。教育教這麼久都教不會人，看一部電影就學壞，蠢不蠢？

我認為教育下一代，與其請課外老師，不如先由讓他們看電影開始。

我要求導演懂得甚麼是性。你以為這些容易拍嗎？其實是最難拍的東西。不是一二三女人脫光衣服，這有甚麼好看，要吸引觀眾，鈕要慢慢解開，永遠一下就來有甚麼好看，這些就是導演對這種事有沒有認識，有沒有興趣。

拍色情片不是甚麼壞事，拍四級五級虐待人打小孩子，這些才是壞。

我監製過的風月片不是很多，只有三部，我拍的都很好，所以人家以為我拍得多。我監製成龍的戲更多，沒人知道。

我心目中的《玉蒲團》啊——後來自己寫了一部小說《覺後禪》，那個就是我心目中想要拍的《玉蒲團》，後來拍不成。

記得我初入行時，邵逸夫第一句就問我：「你究竟預了幹長還是短的？」——當時我告訴他我真心喜歡電影，當然希望長遠地幹下去。然後他勸勉我，要在這行吃得開，便先要預備放低所有個人原則。即是說，你任何電影都要拍。例如在電影低潮期間，就拍三級，原則是，不管拍的是甚麼，都必須拍好它。

電影是很有趣的

電影的主流還是在娛樂，又想賺錢又要扮高深，拚命罵人不會看，是個大笨蛋。有本事的話，拍部雅俗共賞的來看看。

電影是很有趣的，可以製造出現實以外的年代、世界，而製作時令我有機會周遊列國，增長的見聞對寫作大有幫助。但電影應該是娛樂大眾的媒體，用作寫實、紀實也可以，作為藝術的話，未免太奢侈，因為電影業需要票房才能生存，那些藝術電影有幾多能做到雅俗共賞、收回成本？

商業片才是電影的主流，沒有甚麼好羞恥的。年輕人總有點抱負，說要拍一部萬古流芳的，這種思想很正確，但不容易做到，我承認我就做不到。

電影，有許多角度來觀賞，哪一種最正確？你認為對的就最正確。

我能分辨出電影的好壞，是我會比較，我看過更好的。

沒有甚麼比重看一部老片更快樂了，帶來的回憶和歡笑，是從其他媒體得不到的。

寧可不做導演，選擇製片，因為可以同時拍五六部戲。

製片的工作就是「校長兼敲鐘」：製片是由一個主意的孕育，將它構思成簡單的故事，請編劇寫成分場大綱，再發展至完整的劇本。同時，製片接洽適合此戲的導演、演員和其他工作人員，計算出詳細的預算。拍攝期間，任何難題都要製片解決。還有配音、拷貝，做海報也要參與意見，一直到安排發行，賣外國版權，片子在戲院上映，無一不親力親為。

電影監製是我的職業，於是，拚命生產商業電影。但肯定不會當導演，或

者是導演自己的人生已太複雜。

電影是一種集體創作，要建立個人風格，需要犧牲很多人，一將功成萬骨枯，我不忍心。到現在，我才知道原來我以為最喜愛的事，卻是跟我的性情絲毫不合襯。

動作片的漏洞總是出不完，就看你肯不肯細心去說明一下；但是導演絕對不肯，連好萊塢的也是。

電影工業是世界上最靈活的事業；今日下雨不能拍，明天就要改 Schedue（時間表）；導演不滿意效果又要剪接變通；通常電影宣傳期只得兩個星期，要懂得靈活運用。擁有這些基本訓練才做其他事業，就無往而不利。

我的老師馮康侯寫過一對對聯，上聯是「發上等願，結中等緣，享下等福」。我多年前已經覺得，做人要這樣豁達了，而且我做電影，更快看透世情。

出名，最好是老了才出，人家看慣你老後的樣子，就不覺醜了。太早出道，年輕英俊時的印象猶深，看了令人歎息。

光輝燦爛的一刻過後，便要一鞠躬走下舞台；硬站在那裏，不是辦法。

生命中的一切光輝，都有暗下去的一刻，學陳厚那樣，優雅地謝幕吧。

我真的不喜看女人哭，尤其是她們一酒醉，就要哭。在邵氏和嘉禾那幾十年中，不知有多少明星在我面前哭倒，我即刻想的，是如何逃之夭夭。

人生苦短，到了我這個階段，已盡量避免傷心流淚的事，所以看電影或電視片集，首先要避免哭哭啼啼的。最好是開機關槍大殺一番，那些擠人眼淚的讓別人去看。

EXIT
EXIT

一說到好萊塢電影，即刻有拍戲不擇手段，只要賺錢就是的印象。的確如此，好萊塢控制在一群猶太人手中，叫他們做虧本生意，不如把他們殺了。

甚麼題材能夠賣錢，就拍甚麼戲，愛情片看膩了，就拍動作電影。甚麼，當今人只愛看漫畫？當然起用漫畫題材來拍，包括了所謂的超級英雄，賺個滿盤滿缽。但是卡通式的表現方法看厭了，製片家們即刻轉型，因為他們知道觀眾在進步，他們也非得跟隨觀眾進步不可。

最明顯的是《蝙蝠俠》，弄個有思想的導演 Christopher Nolan 來拍，把陰陰暗暗的人性注入，即刻又創出一條新路來。製片家們有先見之明，也有膽識作試驗性的投資，好萊塢才能生存。

好萊塢是群魔所聚，也是人才的發源地，美國人當成一種重要的工業來做，是沒有一個國家能夠代替的。當今許多好萊塢電影都有中國人投資的影子，只限於《Terminator: Dark Fate》之類的結局，大家都知道沒有一條成功的方程式，但大家還是把頭埋下去，沒有救藥。

寫作這一行是會上癮的

要從事寫作，基礎一定要打好

會走路的人就會跳舞，會舉筆的人就會寫文章，你想當作家？當然可以。不會跳舞的話，先學舞步，寫作也得練習，光講，是沒有用的，你想當作家，就先要拚命寫、寫、寫。發表不發表，是寫後的事。為了發表而寫，層次總是低一點。不寫也得看，每天喊着很忙、很忙，看來看去只是報紙或雜誌，視線都狹小了。眼高手低不要緊，至少好過連眼都不高。半桶水也不要緊，好過沒有水。當今讀者對寫作人的要求不高，半桶水也能生存，我就是一個例子。

要從事寫作，基礎一定要打好；多看書，不看書憑空想像一定想不出來了。

對創作有興趣的年輕人，玩少一點手機看多一點書就行了，可是我的書就不必看，對創作是沒有幫助的。

任何一個讀書人都要有閱讀古典名著的過程，也應該看很厚很長篇大論的東西。如果你年輕的時候不去讀的話，就永遠不會再去讀了。因為年輕的時候精力很旺盛，要拚命的吸收。這些世界名著都是統統要讀的，不然，你的文學根底就不會好，也不知道人生要走哪一條路。

文人的生命就是朝不保夕，除了努力充實自己，我想不出有甚麼方法可以避免淘汰。今天大眾的語文水平每況愈下是不爭的事實。我老早便決定與其咬文嚼字嚇怕讀者，不如把文章寫得容易淺白，讓小學生都看懂箇中道理。

寫作這一行會上癮的，就像演員被水銀燈一照，永遠不肯放棄。

諾貝爾文學獎也只是一個文學獎項而已，它的評選標準摻雜很多文學之外的因素。而且全世界那麼多好的作家，諾獎每年只頒一次，不可能都有機會得到那個獎。

書如妾，難養也

家父教導，寫過之文字，須隔一夜思考，尋索是否有遺漏者，冷靜塗改。依此法，得益不淺。

一篇七百多字的東西要花一兩個鐘頭，寫完重看一遍，改；放了一個晚上，第二天再看，再改。這是我父親教我的寫作習慣。至於題材，則無時無刻地思考，想到一個，就儲起來，作夢也在想，和朋友聊天時，也在想。

先父曾經說過：藏書太多，一如討了一群妾侍，雖然曾經帶來歡樂，但麻煩處亦教人頭痛。她們固然沉默寡言，卻霸佔房間之外，尚塞滿客廳；初來時有點香味，久久則霉氣陣陣，照顧太難。

王爾德這個英國作家對我的影響也很深，他的文字非常尖銳、幽默、優美，有很多很奇怪的想法。他把男女關係分析得很好，也一直不停地諷刺人生的短處。

他有很多講述人生哲學的書，我不一定都贊同他的觀點，但這是一種很奇妙的看法，我喜歡從不同角度來看一個人。

好書一下子就能看完。通常，一本書如果能夠讓我們在閱讀時生出「哎呀，不要一下子看完，不要看這麼快」的感覺的話，那就肯定是一本好書。王爾德是十九世紀末二十世紀初的英國作家，而這個時代的英國文學也是最好的。最好能讀王爾德全集，但是可惜目前還沒有譯文，沒有人去翻譯。糟糕的是，現在我們拚命地出版，但卻不知道去翻譯好書。當然，如果可以，讀書最好還是可以看原文，這個是譯本無法代替的。

我和倪匡先生的一個共同點就是，所有的書只分兩種類型，一種好看，一種不好看，沒有中間路線，也不管有沒有甚麼文學價值。所謂好看，就是很容易看完，不辛苦，看完的時候很愉快，或者很緊張、刺激。

明清的小品文，是小時候看的，李漁的幻想力很豐富，大家沒有好好地整理他的戲劇，他是一個「莎士比亞」。

旅行的時候，聽錄音書總比聽那些沒有用的音樂要好。聽書也有聽書的樂趣，很多發音書都是作者自己讀的，情感就更豐富，能更準確地把文中的原意表達出來，此乃單純的閱讀所看不出的另一種味道。

我從多年前開始，就再三呼籲，請愛書籍的朋友，接觸一下有聲書吧！眼睛一疲倦，沒有甚麼好過聽書，聲音又像母親向子女朗讀，有機會試試，是莫大的幸福。

有聲書起源於提供視障者愛好文學的門框，對一般人來說，聽取小說或讀詩歌，在空閒的時候，尤其是在堵車途中，怎麼說，也好過聽流行曲。

品味文字，人生回甘

我認為那些經濟書籍沒有太大幫助。我翻閱很多明清小品，內容多是分享教導很多生活知識，他們很懂得注意自己的基本生活，用很短的文字就能代表一生人的成就，對我的寫作風格和思維方式影響很深。另外，我也翻閱很多外國名著，尤其是英國作家，我從中學會怎樣做紳士。年輕時我可以生吞活剝那些古典小說和世界名著如《水滸傳》、《三國演義》、《戰爭與和平》等，現在就看不下去了。作家我就喜歡豐子愷，他風格平實，令我欣賞到很多生活上的細節；他的老師弘一法師的作品也啟發到我的人生。金庸的作品我也百看不厭，每隔數年我就翻看一遍。

愛看短短的明清小品、筆記、隨筆，聊聊數百字，已刻畫出尖銳人生或飄逸閒情。

明朝的小品文一個多餘的字都沒有。我學習的是他們乾淨的文字和傳達的精神。

豐子愷是我非常欣賞的文學家，他的《緣緣堂隨筆》對我在做人和看待事物方面影響最大。《緣緣堂隨筆》到處都能買到，但《緣緣堂集外遺文》卻極少見。他的散文雖然很多，但這兩書是最重要的。他深受師傅弘一法師李叔同的影響，所以他的文章都是在淡淡地講他的人生觀，讓我受益匪淺，所以我很看得開，把很多東西都視作身外物，其實這些都是受豐子愷和弘一法師的影響。

我很鼓勵大家去看《護生畫集》，一定要看的：人其實有一種很殘忍的本性。我會盡量地往比較溫和的方面去考慮問題，這也是我看過這本書的心得。

我們這一生，都是在忍、忍、忍長大的，在忍、忍、忍終老的。

豐子愷先生年輕時寫的那篇〈漸〉的文章，一切都是在漸漸中變化，令到我們不覺得，不覺得年輕，也不覺得老。

算上家裏的書，我大概一共有一百五十本左右，辦公室裏有幾十本。我以前買了很多書，年紀大了以後就不藏書了，開始丟書，每次搬家都要丟四十多箱，因為已經沒有用了。能夠在書局裏買到的書，就沒有必要留在家裏，剩下來的就是些工具書，還有絕版的、很難買到的書。有些能夠在網上下載的，我更不會留，因為這些都是身外物，以前捨不得，現在都捨得了。

有個習慣是從金庸先生那裏學到的，就是如果碰到那種很厚的書，拿在手裏會覺得很辛苦，就把它一張一張撕下來，看完了就丟掉。

我看書很注重內容，但如果你能找得到的話也就是等於有了嘛！就像我也喜歡看《Harry Porter》，但是書店裏也有賣，那麼還收一本在家裏幹甚麼？

一吟女士印象記

如果再想看，就再去買一本好了。我不覺得浪費，如果是自己喜歡的東西，多少錢我都會付的，尤其是書，看不窮我的。有些書就是身外物，不必留在身邊，丟掉它們，身外物就會慢慢減少。

留下來的這些書不算身外物，已經跟自己成為一體。工具書很重要，但如今也慢慢地不重要了，因為網上也可以查到的，時代不同，此一時彼一時也。現在，對我來說最重要的就是讓我很高興愉快地過每天的日子。

一生人，能與《心經》邂逅與否，全屬緣份，得之便知是福，識之便得安詳。那二百六十個字，這麼多年來有多少人試譯，甚至寫成洋洋數萬字的書來詮釋，都是畫蛇添足之舉。

不了解嗎？不必了解，讀了總之心安理得，煩惱消除，你能找到更好的經文嗎？

用草書來寫《心經》了，凡是學過的人，一看就知道那個句子是甚麼，寫的是甚麼字，啊，原來可以那麼寫的！就愈看愈有味道。

以草書寫《心經》的歷年來有唐朝的張旭和孫過庭，近代的于右任也寫過。最好、最美的，是元朝的吳鎮，雖說是書法，但簡直是一幅山水畫。

好看的就是真的

書講的不一定是真的，我講的也不一定是真的，作家就是作作加加嘛！

很多人愛問我說的是真的還是假的，我說好看的就是真的。

一個作者不寫了，就等於死了。也許有一天，我會突然宣佈自己的死亡，省掉讀者事後的哀悼。

或許有朝一日我會像海明威一樣，寫不出東西來，走去自殺吧！

要聽我講不可怕的鬼故事？還是聽黃色的笑話？都行，買書去啊！

當年因為父母親從新加坡來港，到外面吃飯遇到要等位輪候，兼且服務不佳，所以才開始了寫文章談飲食的經歷。現在吃飯當然是不用等位了。

寫作的觸角，除了遊歷、讀書外還要懂得發問，不好奇不發問，是不會知道背後的故事，永遠自我而沒有別人的看法，寫出來的東西就很沒趣了。

到外國留學，停止寫作那段時間中，我不斷與家父通訊，大小事都告訴他，至少一星期一兩封。我也一直寫信給住在新加坡的一位長輩兼老朋友曾希邦先生。寫專欄後，我請他們兩位把我從前寫過的信寄回來，整箱整箱地寄，等於是翻日記，重看一次，題材就取之不盡了。

我很喜歡中國傳統文化，這是一種根深蒂固的東西，也需要不斷地傳承和發揚，這種傳統文化影響了我寫作、飲食、書法、生活的很多態度。

我總是帶着玩兒的心態去做所有事。當個作家，一定要有個輕鬆的心態，要能夠從生活中找靈感，千萬不要有太大壓力，還是要輕鬆好玩。想想看，誰買你的書看也不是為了增加負能量的。

千萬不要在寫作前飲酒，酒精效應下，注意力分散，組織力減弱，寫出來的都不會是好東西。

我常到不同的地方去，只要可以入畫的，我都拍下來。非洲土人藝術，未受污染，很純樸，我便把它吸收了，變成繪畫的題材。

創意就是無中生有

以前我認為自己是幹藝術的，後來做起生意來，我的朋友就說，哎呀你最討厭做生意的，為甚麼會去做生意呢？我只有自圓自說，生意是好事啊，是活生生的意志，活生生的思想。

做生意不錯，我認為這是一種創意。我也很喜歡無中生有這個詞。生意是無中生有的，我們都是無中生有的。雖然我家是有一點點電影的背景，但我是一個人跑來香港生存下去，也是很無中生有的。我能夠寫文章也是無中生有的，從無中生有裏面能夠活得下來，而且還過的不錯。有創意的話就是比沒有創意要好。

我也很喜歡周作人。相反我不太喜歡魯迅，有點憤世嫉俗，看多了就會像亦舒那樣，她的文章中很多尖酸刻薄的東西都是受魯迅影響的，她很喜歡看魯迅的作品，所以我常常跟亦舒辯論，說我寧願看魯迅弟弟的文章，看了以後就會看到書外開朗的那一面，不會處處看不順眼。而周作人也是受明人的影響，現在我們感受到一些美好的事物，都是明人記載過的，他們很懂得享受，就連種花都很講究，比如冬天澆花要用茶和溫水等等，都是一種生活上的樂趣。

不寫政治。一來我個人不憤怒，二來我知道單單寫幾篇文章，根本無甚作為。如果真的要做，我會選擇在頭顱綁條紅巾，跑出來去灑熱血罷！

我抱着「真」這宗旨去寫，讀者就會認同。有些人說我的文章總是有message，每段文章都有 message 就悶死人！文章一定要流暢易懂，有共鳴，得啖笑已經很好。我也懂得用深僻的辭藻去寫文章，但每次寫了就改掉，我的文章程度只是小學四年級吧！我看過一個日本女作家叫新井一二三的，懂得用中文寫作，其中一部作品寫她用四個幾月到深圳墮胎，那部作品很好、好真、文字好感動，好過那些事事美化的女作家！我老友倪匡說我那種「真」可賣錢，食好多年！哈！哈！

寫作這種事兒，不分好壞。有人看你寫的東西，你寫的就是好的；沒人搭理你寫的玩意兒，那你就是個失敗的作家。我覺得我寫的東西，應該就是有人看的那類啦。

寫作的全部意義，就是在於可以把很多很多的回憶一筆一筆地記錄下來。

我一字一字寫到天亮來賺稿費，現在就要花這些辛苦錢來吃好穿好。

手寫稿可以賣錢，大家都在賣。現在倪匡先生的一張稿紙，可以賣很高價錢，在我的店裏賣得很好，賺到的錢就捐給兒童癌症基金。

很多人看我的專欄和著作，以為我順手拈來，事實上每一篇稿我都是很認

真寫的。只是讓文章盡量寫得輕鬆。是因為香港社會太忙碌了，不想讓大家精神負擔過於沉重，至少讓大家笑一笑啊。

我寫文章沒有甚麼使命感。太嚴肅的文章，令人看了不舒服，一板一眼，太多局限。看到有些作者苦心經營，卻不能與讀者溝通。

我也希望再寫小說，現在的生活太繁忙，騰不出時間。如果再寫小說的話，我一生人也不再寫其他，題材一定圍繞着十三妹身邊的人物，時間是六、七十年代，地點也是香港。原因是我認為寫散文最好的是她，現在也覺得好看！

撰寫飲食的稿，最適宜在肚子餓時下筆，保證寫得好。

有讀者說我，說和店主認識多少年多少年，不客觀，有幫朋友賣廣告之嫌。

我本身很少理會這些人的意見，寫文章，推薦我覺得好吃的東西，這些都是我自己的事。

護法粉絲

我也會有腦殘粉，我不接受他們用粗口來表示自己的不同態度。現在我有千多萬粉絲，我從這些粉絲中間選出他們發表的評論，我可以看到有些很好的，有趣的，也很有見解的，我就選了一百個人做我的護法；這些護法把我包圍起來。慢慢那些腦殘罵我的話，就被這些護法擋掉了，只把好的問題傳給我。我也只跟這些聊得來的人一起玩兒。

所有讀者中，最喜歡問真假的是台灣讀者，國內的讀者就愛問為甚麼，而香港讀者就一於少理，最重要是內容是否精彩。

我常常更新微博，別人都納悶，我是怎麼做到隨時刷屏的。我覺得，微博這東西的好處，就是可以隨時寫，可以和讀者隨時溝通，我從來都不是想好了要寫些甚麼東西之後才打開微博，從來都是自言自語的，有讀者問我甚麼我就直接回答。

一切都是從零開始的。我的長處是可以將以前寫過的稿件中抽出一些來發表，這幫助我接觸到更多的網友，而我的特點在吃喝玩樂，已經能引起眾多網友的共鳴。

中間得到眾多網友的支持和鼓勵，才能做到。玩微博的人，那些明星歌星，是由公司職員代答；我很珍惜每位網友的意見，我雖然不能全部回答，但也盡量做到。因為我每天曾經寫過很多稿件，所以有那種能力來應付，只要問題是有趣的，我答應自己，一定親自回覆。每一條微博，都是自己手寫的。我的所謂手寫，是我不懂得拼音輸入法，都是在平板電腦上手寫，按到繁體字就以繁體字回答，簡體亦然，我認為我的網友，最低標準，是可以讀繁體字的。

我愛微博的理由，我希望年輕人多上微博，在那裏他們可以找到志同道合的朋友，這些朋友，都是沒有利害關係，非常純真的。

至於我的微博網友是甚麼樣的人呢？可以說都是喜歡吃的。這一點也不壞，喜歡吃的人多數是好人，因為他們沒有時間動壞腦筋。

享樂的藝術

生活的味道

我沒有特別鍾情收藏古董，因為我不會浪費太多金錢在這些古物上，只要見到合眼緣的，就會買來放在辦公室點綴，寫作沒題材時，看看書枱上的擺設來取靈感。

愈是古董我愈會使用，就算打爛了，也過癮。

所謂的半古董，打破了也不可惜。玩藝術品的境界，是摩挲，不拿在手上用，只是看，不過癮的。

我不貪心，只研究一樣茶盅，也只學民國初期的。像一個當舖學徒，從好貨看起，我很努力地去博物館看，看久了，知道甚麼是真的，甚麼是假的。

打破了多少個？

無數，多是菲律賓家政助理經手的。我自己洗濯時很小心，旅行時也帶一個，放在錦盒中，不會碎。薄胎的茶盅很有趣，用久了總會有一道裂痕，但不會漏水出來，沖入滾水之後，瓷與瓷之間的分子相碰，竟然會發出『鏘』的一聲，像金屬的撞擊聲，很爽脆，很好聽。

沒有一個人從開始就會用茶盅的，都得經過訓練。我開始的時候也和你一樣，倒得滿桌都是，後來立心學，買一個普通茶盅，在沖涼時拼命學斟，一下子就學會了，你也應該學會的。

我這年紀，不想太高風險的投資，開網店最好，不用捱貴租，香港人特別有同感吧。

我在淘寶的高層會議上了解到幾點：商品要有獨特性、引起網民興趣、背後有故事。所以挑選產品時，都從這幾點着手。你上我的網看看，為何會賣鹹味的蛋卷？為何會與鍾楚紅合作賣米？背後故事都在網內記載。我又可用自己的微博做宣傳，省回不少廣告費，哈哈哈！

至於節日食品，目前打算賣季節限定的年糕、月餅，它們都是我的「童年記憶的美食」系列。端午當然要賣糉，道滘糉是我最欣賞的，裏面有浸過糖水的肥豬肉，這種風味其他糉沒有。

我幾乎每天都要逛逛菜市場，每天都讓自己看到最新鮮的蔬菜，它們散發出來的味道就是生活的味道。

多賺一點錢，每個人都在動，這是好事情。但現在這些情形少了，社會開始富裕起來，這些拚命精神慢慢消失了。來逛菜市場你就知道人生是怎麼樣的，像有些菜市以前五六點就有東西賣，現在遲到七八點。

一早醒來，我會去買東西，魚飯、叉燒、燒肉、滷大腸啊甚麼都有，買完就拿回家，自己再做一次加工，覺得過程快樂極了。

所有熱愛人生的人都睡得很少。一天只睡七小時，相比於那些每天八小時睡眠的人，你每個月就比他們多生活一天，你可以用這一天去做很多東西。

人生是豐富多彩的，出去旅行，享用一桌美食，或和朋友相聚等，都是在品味人生。就像做菜一樣，加點胡椒、加點辣椒，加入不同的調料，一道色、香、味俱全的佳餚就誕生了。好的紅酒是愈陳愈香醇的，人生也是越品越有味道，這一點倒是相通的。

希望平平穩穩過一生的人也有他們的優點，我不會討厭他們，最重要是他們明白自己想要甚麼。

做電影監製時，我的確常罵人。年輕的時候看見人家發脾氣，我也學；年紀漸大，發現發脾氣不是件好事，發完脾氣「大家面懵懵」，而且情緒太激動，對自己也不好。現在我已懂得將底線盡量放低。我還學懂一面笑一面罵，當你笑着指出對方的缺點，人家也會比較容易接受。

我就是住在鬧市裏，周圍很吵很熱鬧，但是我有自己的生活方式，就能守住內心的節奏安靜。

追求生活質素並不是要很有錢才可以追求的，有時只需要多花點功夫。例如，知道路遠一點有賣好吃的雲吞麵，就多走幾步路啊。

有時，要了解一個地方的生活習慣和語言，發生了感情，才覺得好，這是極度的偏見。但是如果你認為自己的意見永遠是對的，自己最會吃，別人都不懂，那麼，你是一個最不會吃的人，這一點是肯定的。

在日本那個年代，也收集過不少火柴盒，但一下子就厭了，全部扔掉。不過買打火機和煙灰盅的興趣還是有的，每到一個新的地方，看到有特色的，一定買，不過不會花太多錢。多年下來，也有好幾百個。

床，人生最常用，但最不受中國人重視，以為擁有是理所當然的，和白米飯一樣。

一生勞碌，為生活奔波，人總是要求一天活得比一天更好。安定了下來，第一件可以展揚自己的成就的是一隻勞力士手錶，第二件是一輛賓士汽車，第三件是有一間房子，而至於床，沒有人重視，也不知道甚麼是最好的，對於名床牌子的概念是模糊的。

這張我們要花生命中三分之一時間的用具，怎麼可以不去研究，實在是令人貽笑大方。

當然，當你年輕的時候並不需要這種享受，當年一上床就做傳宗接代事，然後即刻倒頭就睡，管得了那麼多嗎？這種床是要等到你到處都可以打瞌睡，看電視時的沙發，看書的安樂搖搖椅，坐久了都想睡，但一看到床就睡不了，這個階段，你知道，你已經需要一張好床了。

買一張高級的床，的確比買一副貴棺材好。

「書法家」這三個字，我是絕對稱不上的，「愛好者」這三個字更好。成為一個「家」，是要花畢生精力和時間去鑽研的，我的嗜好太多，不可能完成這個任務。

當成興趣最好，研究深了，成為半個專家好了，不必太過沉重。一成為半個專家，就是一種求生本領，興趣多，求生本領也多，人就有了自信。

找尋自己的理想。這是承接做有興趣的事，從這方向去走，去努力，一有機會便去試，努力之後達不到目的，對自己也有個交代。

享受過程。也許你的目的不一定會成功，但是已經參與了你喜歡做的，便去享受每一刻的樂趣吧，別一直訴苦。

像人一樣，貓也有貓相，美醜區別極大，很多人喜歡的波斯貓，其實是最令人討厭的，首先牠的臉很扁，頭頂上幾條紋，像是永遠皺着眉頭，永遠看不起別人。雖說狗眼看人低，但任何狗都作不出波斯貓那種勢利眼，最不可愛。

真正愛貓的人會接受貓身上的氣味，和牠混合一體。我比貓兒更愛乾淨，受不了那味道，所以說我不是一個愛貓的人，我只是喜歡貓而已。

貓眼是牠的靈魂，有各種形狀和大小。最美的是桃核般兩頭尖、向上翹的眼睛；圓的也漂亮；最不好看是上面平，下面圓的，像是永遠的悲傷。看貓眼要晚上看，這時瞳孔放大，更是可愛，太陽一出，擠成蛇眼般的線形，就有點恐怖了。

愈來愈不喜歡美國，除了他們的好萊塢電影、爵士音樂和 Netflix。

也很受不了西部牛仔式的美國大帝腔，不管多美的少女講出的，都感到刺耳。

最佩服的是他們甚麼都可以開玩笑，連總統也可以公開諷刺，這是世界上任何一個國家都做不到的。

Stand-Up Comedy 是美國人的一大專利，其他地方很難學到模仿，要有很高的智慧才能享受得到，也需要對美國流行文化有很深的認識。

單口相聲表演者最難對付的是一群不笑的觀眾，這時要破冰，只有用粗口或性行為來開玩笑。當今觀眾喜歡俗，也沒有辦法不滲入了，但出到這一招，已是最低的最低，但也是最有效的了。

一定需要觀眾的反應，表演者才愈說愈有信心，也愈說愈好笑。近來疫情影響，大家只有迫着在家裏做節目，真奇怪，所有高手，也搞不出笑來。

享樂主義者

丁雄泉老師的作品多彩多姿，其實做人也應如此，多看一點明亮顏色，人也會豁達一點；相反，幽暗的顏色只會令人的性格更陰沉。

我想跟尊子學畫漫畫。如果我畫人物能像他那麼神似的話，我便可以在外國旅行時給小朋友繪畫，逗他們開心。生活不是只是吃喝，不斷的學習才能真正提高生活質素。

我每天六時起床。其實天天看日出的人，看到太陽便快樂，十分幸福。

至於宗教，我就不大感興趣，雖然我也知它好，但我的個人慾望太強，很多規條也做不到。牛肉那麼好吃怎能不吃？

我看哲學書看得很雜，但對佛家哲學接觸得比較多，釋迦牟尼對生老病死的透徹了解，很值得我們反省。不過我從不相信有來世再生，當你看見非洲的昆蟲、野獸可以那樣迅速滅絕，你會相信，不論甚麼生命，死了就是死了，沒有所謂的「靈魂」，而生命本來就是那麼脆弱。

我珍惜，同時我努力學習不去執着，也不去壓抑。我始終認為，物質享受與崇高理想，兩者可以兼得。享受又不是甚麼錯事，但有人會斷言，你是享樂主義者。不要緊，享樂主義就享樂主義吧，到了最後，我已不再理會誰說甚麼，我只要活得愜意就是，你認為我自私自利也好，瘋狂也好。你當我阿Q好了。

讀了很多古書，最吸引我就是那些名仕遊山玩水時，帶了一班青樓名妓陪他們聊天；要做到青樓名妓，需有好學識，琴棋書畫皆精。開妓院只為招攬一班知識豐富的女人，不需漂亮，但要聰明、思想開放先進，一同把酒談心，人生一樂也。

我到蘇州的時候知道有這麼一回事：在生活環境最窮困總之日子都過不下去的時候，蘇州男人還拿了一個茶杯放一點水，放一點浮萍在上面，每天看着這個浮萍長大。在中國，還是有這樣的生活態度。這也不是苦中作樂，就是說：如果一個人的思想自由開放，環境就不能限制他的思想。

社會上的問題，明知道不是一個人的力量就可以扭轉的局面，要我有很大的承擔，一生人去投入，我認為不值得。生活就是想飲想食，快快樂樂過一生。

人活到老死，不玩對不起自己。

我們一生下來就哭，人生識字憂患始，長大後不如意事十常八九，只有玩才能得到心理平衡。

精神一有毛病，肉體一定不會健康。

別為了某些人家認為應該做的事而去做，做了自己不開心，何必呢？

我的媽媽和奶媽都是燒菜高手，從小在一邊看得多了也記住一些手法，後來一個人在國外，發現燒菜是可以消除寂寞的最好辦法。當你想吃東西的時候，千萬別太刻薄自己，做一餐好吃的東西慢慢享受，生活就會很充實。

我對自己到底是甚麼家、甚麼老闆的銜頭從不在意，從小家父教導我，做人最重要是活得快樂，自由自在，我一直奉行至今。

從小就喜歡手槍，上課時也偷偷畫之。為甚麼那麼喜歡？看西部片之故吧。

讀心理學書籍，說這是潛意識中與男性性器官有關，應該是這方面短缺，才更喜歡。自認不比人強，但也沒甚麼大毛病，只是好學的一部份而已。

罵人藝術

罵人，最好別用粗口：笨蛋、蠢材等，也不必派上用場。

最容易討好的，是扮弱智。愈在觀眾水平低的地方，扮白癡的成功率愈大。

年紀愈大，患的孤僻愈嚴重。所以有「Grumpy old man 愛發牢騷的老人」這句話。

最近盡量不和陌生人吃飯了，要應酬他們，多累！也不知道邀請我吃飯的人的口味，叫的不一定是些我喜歡的菜，何必去遷就他們呢？

自認有點修養，從年輕到現在，很少很少説別人的壞話。有些同行的行為實在令人討厭，本來可以揭他們的瘡疤來置他們於死地，但也都忍了，遵守着

香港人做人的規則，那就是：活，也要讓人活！英語中 Live and let live！

但是也不能老被人家欺負，耐心地等，有一天抓住機會，從這些人的後腦來那麼深深一刺，讓他們死去，還不知是誰幹的。

在石屎森林活久了，自有防禦和復仇的方法，不施展而已，也覺得不值得施展而已。